독립의
오단계

독립의 오단계 – SF가 우릴 지켜줄 거야 2

© 이루카, 2020. Printed in Seoul, Korea

초판 1쇄 찍은날 2020년 7월 17일
초판 1쇄 펴낸날 2020년 7월 27일

지은이	이루카
펴낸이	한성봉
편집	조유나·하명성·이동현·최창문·김학제·신소윤·조연주
콘텐츠제작	안상준
디자인	전혜진·김현중
마케팅	박신용·오주형·강은혜·박민지
경영지원	국지연·지성실
펴낸곳	허블
등록	2017년 4월 24일 제2017-000050호
주소	서울시 중구 소파로 131 [남산동 3가 34-5]
페이스북	www.facebook.com/dongasiabooks
인스타그램	www.instargram.com/dongasiabook
트위터	www.twitter.com/in_hubble
전자우편	dongasiabook@naver.com
블로그	blog.naver.com/dongasiabook
전화	02) 757-9724, 5
팩스	02) 757-9726
ISBN	979-11-90090-20-9 04810
	979-11-90090-18-6 04810(세트)

이 도서의 국립중앙도서관 출판예정도서목록(CIP)은
서지정보유통지원시스템 홈페이지(http://seoji.nl.go.kr)와
국가자료공동목록시스템(http://www.nl.go.kr/kolisnet)에서
이용하실 수 있습니다.(CIP제어번호: CIP2020029576)

※ 허블은 동아시아 출판사의 과학문학 브랜드입니다.

만든 사람들

편집	조유나·김잔섭
크로스교열	안상준
디자인	김현중

SF가 우릴 지켜줄 거야 2

독립의
오단계

이루카 소설

안온북스

차례

독립의 오단계

1.

　수프 내음이 향긋하다. 밤과 우유로 만든 이 부드러운 수프는 이곳에 오기 전, 내가 먹었던 수프와 재료만 같다. 밤과 우유, 소금과 설탕의 비율 그리고 끓이는 온도와 재료의 투입 시간까지. 하지만 같은 재료라도 수프는 누가 끓였냐에 따라 완전히 다른 맛을 낸다. 수프의 입김에 코끝이 따뜻해졌고 이내 걸쭉한 액체가 목구멍으로 넘어갔다. 입에는 단맛과 함께 밤 알갱이가 조금 남았다.

"맛있어요."

동그랗고 작은 식탁에 놓인 밤 수프를 먹으며 나는 어머니에게 싱긋 미소 지었다.

"늦은 시간에 만들어달라고 해서 죄송해요."

어머니는 밤 수프를 입에 넣으려다 말고 나를 쳐다봤다. 나는 어머니가 내 말에 궁금증이 생겼다는 것을 알 수 있었다.

"밤 수프가 먹고 싶었어요, 갑자기."

"괜찮아. 그런 거 신경 쓸 필요 없어. 편한 대로 지내면 되니까. 나도 그게 편하고."

어머니는 잠시 말을 멈추고 나를 가만히 응시하다가 곧 말을 이었다.

"나는 오히려 네가 이 시간에 수프를 만들어달라고 말해서 좋은걸? 내일 쓸 수 있는 동력은 다 충전되었을 텐데도 이런 자리를 요청하는 건 기쁜 일이야. 우리 모두에게."

나를 보는 어머니를 유심히 관찰했다. 그 시선은 따뜻하고 포근한 이불 속에 있는 것 같기도 하면서 부드러운 쿠션이 가득 놓인 방을 뒹굴거리는 것 같기도 했다. 어머니의 온기 가득한 표정이 나에게 처음은 아니었지만 아직 익숙하진 않았다. 어머니가 보내는 눈길을 따라 하는 나를 보며 그는 놀란 표정을 지었다.

"네가 날 그렇게 쳐다보니까 조금 당황스러운데…."

"어떤 점이요?"

"내가 어릴 때, 나를 그렇게 보던 사람이 있었어."

"누군데요?"

"내가 밥을 잘 먹을 때 아빠가 나를 그렇게 보고는 했어. 내가 편식이 좀 심했거든. 방금 말이야. 마치 내가 아이로 돌아간 것 같은 기분이 들어서 당황스러웠는데…."

어머니는 멋쩍은 미소를 지어 보이며 말을 이었다.

"네가 그런 표정을 순식간에… 게다가 자연스럽게 지어 보이는 것이 놀라워. 복잡하네. 한 번에 설명하기가."

어머니가 화제를 돌리며 내게 물었다.

"간은 어때? 네가 알려준 레시피대로 만들었는데.

먹어보니까 약간 심심한 것도 같고….."

어머니는 레시피대로 수프를 끓였다고 했지만 밤은 제대로 갈리지 않았고, 소금과 설탕을 넣을 때는 다른 크기의 계량스푼을 사용했다. 그렇지만 밤 고유의 단맛보다 조금 더 묵직한 단맛이 난 것은 나를 위한 어머니의 배려였다. 평소 당분의 비율을 높여 보조 동력을 얻는 나를 위해 설탕을 조금 더 넣은 것이다.

"전혀요. 간이 딱 맞아요. 그리고 나는 변호사님이 주는 것은 뭐든지 다 좋아요."

나는 항상 어머니를 '변호사님'이라고 불렀다. 그를 어머니라 여기는 것은 사실 나만의 생각이었다. 어머니를 만나기 전부터 나는 그를 어머니로 받아들였지만 결코 그렇게 부르지는 않았다. '어머니'라는 말을 입 밖에 내지 않기로 음성 설정을 손봐두었기에 나는 단 한 번도 '어머니'라고 내뱉지 않았다. 처음에 나는 어머니를 '오재정 변호사님'이라 불렀지만 어머니는 좀 덜 딱딱한 호칭으로 부르기를 원했다. 그래서 나는 어머니를 변호사님이라 불렀다. 서로가 생각하는 딱딱함에 차이가 있었는지, 어머니는 내 호칭을 내켜 하지는 않았지만 곧 익숙해졌다.

어머니의 손목시계 액정이 깜박였다. 한참 구형인 낡은 시계의 화면은 두껍고 투박했다. 어머니는 발신 표시가 자물쇠로 변하는 것을 보며 급하게 시계 화면을 눌렀다.

어머니는 도청방지 모드가 실행되는 것을 다시 한 번 확인한 후에야 답했다.

"아. 사무장님. 늦은 시간에 어쩐 일….'

"지금… 같이 있습니까?"

집에서는 스피커 모드로 통화하도록 설정되어 있기에 나는 사무장님의 다급한 목소리를 들을 수 있었다. 어머니는 불안한 눈으로 나를 보며 답했다.

"네, 집에서 함께 지내고 있어요."

"언제부터입니까?"

"어제부터예요. 무슨 일이죠?"

"듣던 중 다행입니다. 적어도 수배자 방조는 부인할 수 있겠군요. 오늘 자정을 기점으로 수배가 떨어졌어요. 경찰이 곧 들이닥칠 겁니다."

"경찰이?"

어머니가 되물었다. 나는 경찰이 오는 이유를 알고 있었지만 어머니에게 내색하지 않았다. 어쩌면 마지막일지도 모르는 밤 수프를 어머니와 함께 먹는 것이 내색이라면 내색이었다.

"영장이 이미 발부된 상태입니다. 연행되어도 제지하지 마세요."

"연행이라니요?"

"살인 혐의예요."

"살인?"

어머니가 되물었다. 언젠가 경찰이 찾아오리라는 것을 알고는 있었지만 이처럼 이른 방문은 어머니도 예상치 못한 것이었다.

"자세한 이야기는 만나서 하시죠. 수배자는 연행 24시간 후에나 접견할 수 있는 거 아시죠? 그쪽 상황이 정리되면 연락 주십시오."

"영장을 미리 준비했다니 대체…?"

전화는 이미 끊겨 있었다. 잠시 침묵이 흐르고 어머니가 입을 열었다.

"전에 이야기했지? 지금 상황이 그래. 생각보다 그 사람이 빨리 움직인 모양이야."

나를 안심시키기 위해 어머니는 애써 차분하게 말했다. 그러면서도 정작 '그 사람'의 이름은 언급하지 않았다.

"예상하고 있었어요. '그 사람'은 그러고도 남아요."

어머니는 대답 대신 얕게 한숨을 쉬며 아랫입술을 살짝 깨물었다. 긴장할 때 나오는 어머니 특유의 버릇이었다. 어머니의 시계 화면이 다시 깜박이기 시작했다. 방문자 출입에 대한 승인을 요청하는 알림이었다. 이곳은 중앙 구역에서도 가격이 저렴한 주거지였지만 보안만큼은 철저했다. 영장이 있다면 승인 없이 바로 들어올 수 있지만, 변호사라는 어머니의 직업 때문에 우회작전을 펴는 것일지도 몰랐다. 방문자의 출입을 승인한다는 답변을 보낸 어머니는 내 손을 잡으며 말했다.

"너를 신규 등록하는 것에 집중했는데 등록 승인이 나기 직전에 이렇게 널 체포하러 오는 걸 보면 이의제기 수준은 아니라는 말이겠지. 체포되고 난 후에는 어떤 경로든 너와 연결할 수 없을 테니까. 좋아. 정리하자. 질문에 대답하지 않아야 하고 데이터 확인을 요구할 때는 거부해야 해. 거부권을 보였는데도 불구하고 강제로 너에게 케이블을 연결할 경우에는….”

“알아요. 프로그램을 강제 종료하고 잠금 모드를 가동시켜야 하죠. 그리고 필요하다면 데이터를 개인 데이터 금고에 전송하고 본체의 데이터를 폐기하는 것도 가능해요.”

‘폐기’라는 단어를 듣자 어머니의 어깨가 미세하게 움직였다. 인간이 아닌 내가 살인 혐의로 체포된다는 것은 즉결재판으로 날 영구 폐기하는 것도 가능하다는 뜻이었다. 나에게 경찰을 보낸 ‘그 사람’이 원하는 것도 그것이었다. 내가 이 세상에 아예 없었던 것처럼 영원히 내 존재를 지우는 것. 시간이 흐를수록 나는 앞으로의 시간이 나만의 것이어야 한다는 결론을 내렸지만, 나를 이 세상에 데려온 그의 시간은 나와 반대로 흘러갔고 내게 사형 선고를 내렸다.

경쾌한 멜로디가 집에 울려 퍼졌다. 현관 옆에 설치된 작은 화면에 중앙 구역 제복을 입은 경찰들의 모습이 잡혔다. 어머니가 문을 열었다.

"모델명 A796, 제조번호 04-1963-59. 나오십시오."

억양 없는 말투로 경찰이 말했다. 보호 마스크를 썼으나 분명 안드로이드일 것이다. 안드로이드 경찰은 나보다 훨씬 구형 모델 같았다. 모음과 자음을 결합하여 음성화하는 초기 버전에서 벗어나 그런대로 자연스럽게 인간의 목소리를 구현하는 안드로이드 경찰의 말투는 인간의 목소리와 구별이 쉽지 않았다. 하지만 안드로이드 경찰의 목소리에는 호흡의 틈이 없었다. 이는 동족만이 눈치챌 수 있다. 숨을 쉬며 말하는 인간에 가깝도록 만들어진 나는 최신형 모델이었다. 우리는 동족이었으나 다른 '기종'이었다.

"복도에서 기다려주세요."

어머니가 말했다. 그러나 경찰은 대기하지 않고 집 안으로 들어왔다. 어머니가 내 어깨를 잡으려 했지만 안드로이드 경찰의 손이 더 빨랐다. 나는 경찰의 손에 이끌려 현관 앞에 섰다. 경찰이 어머니에게 연행 절차를 설명하며 체포영장을 화면에 띄우는 동안 나는 잠자코 어머니를 기다렸다.

"지금부터 24시간 후에 접견이 허용됩니다. 안드로이드 범죄에 대해서는 죄의 경중에 따라 처벌 범위가 결정되며, 살인 혐의에 대해서는 현행법에 따라 즉결재판이 진행될 수 있습니다. 체포 대상인 모델명 A796, 제조번호 04-1963-59. 이하 수배자라 칭합니다. 수배자의 소유주인 '가혜라'는 오재정 대리인이 신청한 소유권 해지에 관한 요청을 거부함과 동시에 '인간 가재민'에 대한 살해자로 수배자를 신고했습니다. 현재 수배자의 대리인으로 오재정 변호사가 등록되어 있기에 수배자의 임시 보호권이 성립됨에 따라 자동으로 재판이 청구된 상태입니다. 대리인 오재정 변호사는 수배자 접견 전에 '가혜라' 측의 대리인과 접촉하는 것이 허용됩니다."

경찰의 설명에서 우리는 결국 '그 사람'의 이름을 들었다. 이름을 듣는 것만으로도 마주하고 있는 것처럼 인지되는 감정. 두근거릴 심장이 나에게는 없지만, '불안'이라는 감정이 어떤 것인지는 알고 있었다. 두려워졌다. 이런 내 상태를 알기라도 한 듯, 어머니는 걱정스러운 눈으로 나를 바라보면서도 고개를 살짝 끄덕였다.

내게 생명을 준 대가로 자신을 엄마라 부르고 섬기도록 설계한⋯ 모델명 A796, 제조번호 04-1963-59로 명명된 나의 처음이자 마지막 소유주, '인간 가재민'의 생물학적인 엄마. '가혜라'.

나는 안드로이드 운반용 캡슐에 들어갔다. 조용히 닫히는 캡슐 문 사이로 어머니의 모습이 보였다. 어머니는 현관문 앞에 서서 내가 사라질 때까지 말없이 복도를 응시했다. 가혜라가 시작한 이 싸움을 끝내는 것은 이제부터 내 몫이었다.

*

처음 시야가 밝아지던 때를 기억한다. 인간처럼 나도 눈을 떴다. 실제로는 눈에 장착된 카메라의 전원이 켜진 것이었지만 나는 눈이 부신 것처럼 표정을 찡그리기까지 했다. 그 반응은 인간의 뇌와 결합했기 때문에 발생한 것이지만, 당시에 나는 내가 왜 그런 행동을 하는지 알지 못했다.

"나야. 엄마야."

안면과 음성 인식 기능이 실행되었다. 나는 내 이름을 부른 사람의 이름이 '가혜라'이며 그를 엄마로 불러야 한다는 것을 알았다. 가혜라는 모델명 A796, 제조번호 04-1963-59인 나의 소유주였다. 설정된 내 이름은 가재민이었다. 내가 가혜라의 말에 대답하려는 찰나, 내 음성은 이미 재생 중이었다.

"네. 엄마 저예요. 재민이."

나는 멈칫했다. 나에게 입력된 음성 신호와 모든 것이 일치했지만 음성을 재생한 건 내가 아니었다. 가혜라는 나를 품에 안고 내 머리를 쓰다듬었다.

"잘 돌아왔다. 내 아들."

가혜라의 포옹에 나도 그에 맞게 반응해야 했지만 도저히 가혜라의 등에 손을 올리고 두 손을 맞잡을 수가 없었다. 명령은 문제없이 입력되었고, 반응에 대한 출력 역시 호출된 상태였다. 나는 오류 확인 프로그램을 실행시키려 했으나 내 신호에 대한 반응은 일어나지 않았다.

'안고 싶지 않아.'

목소리가 다시 들렸다. 그러나 소리는 목에 설치된 스피커에서 나온 것이 아니었다. 목소리는 내 안에 있었다. 매뉴얼을 빠르게 훑었지만 일치하는 행동 지침을 찾을 수 없었다. 관리자 모드를 실행하기 위해 소유주에게 승인 요청을 하려는 순간, 목소리가 가혜라에게 말했다.

"피곤해요. 우선 쉬어야겠어요."

나는 가혜라에게 살짝 고개를 숙인 뒤, 그를 지나쳐 문 앞에 섰다. 보안 카메라가 나를 아래위로 스캔했다. 스캐너의 불빛이 녹색으로 바뀌며 문이 열렸고 나는 희미하게 불이 켜진 긴 복도를 걸어갔다.

"음식은 방에 올려 보내마. 어디로 가야 할지는 알고 있지?"

"그럼요."

목소리가 가혜라에게 답했다. 복도를 지나 왼쪽으

로 돌아가면 내 방이 있다. 나는 이동 영역을 파악하기 위해 전체 설계도를 요청했다. 하지만 응답 신호 대신 목소리가 대답했다.

'지금은 방에만 가면 되는 거야. 쓸데없는 일 만들지 마.'

기능 탐지기를 통해 발견된 오류는 없었다. 나는 목소리의 정체가 누구인지 알아야 했다. 방이 있는 복도에 다다라 목소리에게 물었다.

'너는 누구지?'

시스템 확인 요청을 보냈으나 응답은 없었다. 다만, 내가 보낸 요청이 암호화되어 전송되고 있었다. 암호화는 내가 실행한 것이 아니었다. 소유주의 승인 없이 기능 설정을 암호화할 수는 없었다. 내부 프로그램을 움직이는 누군가가 있었다. 나를 훑어 내리는 빛이 녹색으로 바뀌자 문이 열렸다. 스캐너의 승인이 없다면 이 집의 모든 문이 나에겐 벽이었다. 방에 들어서자마자 다시 목소리가 말했다.

'대답은 나중에. 우선은 날 어떻게 만들었는지 봐야겠어.'

나는 욕실로 향했다. 거울에 크림색 조명이 켜졌다. 내 얼굴은 가혜라와 놀랍도록 똑 닮아 있었다. 다른 성별과 나이를 가졌음에도 이렇게 같은 얼굴을 하고 있다는 것이 놀라웠다.

얼굴을 유심히 살펴보던 목소리가 말을 이었다.

'자기 골격을 교묘히 섞어놓았잖아. 한결같다, 정말.'

나는 목소리의 생각과 의도를 실시간으로 이해할 수 있었다. 나는 질문을 하고 싶었지만 목소리의 의도에 따라 내 얼굴을 이리저리 매만졌다. 거울 속의 나도 나를 찬찬히 뜯어보고 있었다. 입을 벌려 치아를 꼼꼼히 확인했다. 가지런히 정렬된 흰 치아 사이로 미묘하게 색이 다른 치아 몇 개가 눈에 띄었다.

'치료한 치아까지 그대로 복원해놓다니. 쳇.'

목소리가 혀를 찼다. 목소리는 가혜라와의 과거를 회상하며 매우 불쾌해했다. 목소리의 감정을 인지함과 동시에 나는 과거의 가혜라를 볼 수 있었다. 가혜라는 어린 소년과 함께 있었다. 같은 헤어스타일에 검은색 슈트까지 가혜라는 변한 것이 없었다.

어린 소년의 얼굴을 보며 나는 그것이 내 어린 시절의 얼굴이라는 것을 알았다. 어린 나는 무표정한 얼굴로 정면을 응시하고 있었다. 가혜라는 억지로 아이의 입을 벌려 입안 구석구석을 살폈다. 작은 패드 화면을 두드리던 가혜라는 갑자기 패드를 아이의 배를 향해 집어 던졌다. 아이는 자신의 몸집만큼 작은 비명을 지르며 넘어졌다. 가혜라는 옆 테이블에 놓여 있던 컵을 들고 아이 곁으로 걸어갔다. 투명한 디저트 컵에는 우윳빛 셰이크와 초콜릿 시럽이 가득했다. 가혜라는 조소를 지으며 아이의 머리 위로 셰이크를 부었다.

─그렇게 먹고 싶으면 계속 먹어. 이가 썩든 말든 다 먹어치우란 말이야.

가혜라는 셰이크로 범벅된 아이의 머리에 다른 컵의 셰이크도 들이부었다. 테이블에는 디저트 컵이 가득했다. 목소리가 말을 시작했다.

'방금 네가 본 건 내 어린 시절 기억이야. 상황만 다르지 우리는 항상 저런 식이었어. 아까 나보고 누구냐고 물었지? 보안 시스템이 제대로 돌아가는지

확인하느라 답이 늦었어. 내 생각들은 이미 그 사람이 모니터링하고 있을 게 뻔하거든.'

목소리의 말처럼 나와 목소리가 주고받는 신호는 모두 강력한 암호 아래 전송되고 있었다. 나는 이어지는 목소리를 잠자코 들었다.

'이제 너의 질문에 대답할게. 첫째, 너는 나로 설계되어 있어. 즉, 가재민으로 설계되어 있지. 그러니까 가재민은 네 이름이 아니고 내 이름이야. 둘째, 너는 나에게 지능을 제공하고 나와 기억을 공유하지만… 너에게는 제어권이 없어. 다시 말해….'

가재민은 잠시 말을 멈췄다가 말을 이었다.

'너는 일종의 그릇이야. 나를 담고 있는.'

2.

나는 휴면 모드에서 깨어났다. 작은 테이블과 의자가 있는 좁은 방, 재판 대기실이었다. 열린 문밖으로 경찰이 대기하고 있었다.

"모델명 A796, 제조번호 04-1963-59. 법정으로 이동한다."

나는 의자에서 일어났다. 문득, 보호 마스크를 쓴 이 경찰이 나를 연행한 경찰인지 궁금했다. 나는 경찰의 안내에 따라 법정에 들어섰다.

기계 재판이 열리는 기계 법정. 이곳은 일반 법정과는 비교가 안 될 정도로 작았다. 기계 재판은 배심원도 방청객도 허용하지 않았다. 원고석과 피고석, 그리고 판사석이 법정의 전부였다. 피고석은 왼쪽이었다. 나와 눈이 마주친 어머니가 미소를 지어 보였다. 최대한 강해 보이려 애쓰고 있었지만 어머니의 미소는 힘이 잔뜩 들어간 입술의 양 끝에 힘겹게 매달려 있었다. 어머니 옆에는 사무장님이 앉아 있었고 나는 그에게 고개를 살짝 숙여 인사했다. 그러면서 천천히 원고석으로 눈을 돌렸다. 재판 전에 허용된 한 번의 접견에서 어머니는 이번 재판을 이끄는 검사가 '지능 증축자'라고 말했다.

'지능 증축자'는 오로지 지능 면에서만 인공지능을 자신의 뇌와 결합한 사람이었다. '지능 증축'으로 더 많은 정보를 분석하고 연결하여 통찰을 끌어내는 것이다. 재력을 기본으로 한 보증된 대상에 한하여 정부는 지능 증축을 승인했다. 또는 보증의 주체가 아니더라도 보증인이 정부의 인증을 받았다면 지능 증축이 가능했다. 지능 증축은 권력 세습의 방편 중 하나로 자리 잡은 지 오래였다.

나는 검사의 어깨에 부착된 지능 증축 인증마크를 확인했다. 'K&K 네트'. AI와 안드로이드 산업에 독보적인 점유율을 가진 기업, 가혜라가 소유한 기업 중 한 곳이었다. 원고석에 앉아 있는 지능 증축자 검사는 가혜라의 대리인이라고 봐도 무방했다. 가혜라가 짜놓은 판이 나를 조여 왔다. 내가 자리에 앉자 어머니가 내 손을 잡았다.

"준비됐니?"

"네. 변호사님."

나도 어머니의 손을 마주 잡았다. 오늘 이후로 다시는 이 손을 잡지 못할 수도 있기에 나는 어머니를 잡은 손에 힘을 주었다.

"솔로몬 판사님 입장하십니다."

법정의 호위를 맡은 안드로이드 가드가 말했다. 판사를 말할 때, 솔로몬이 지칭되었다는 것은 재판장이 지능 증축자라는 것을 뜻했다. 검사와 달리 판사는 지능 증축의 보증인이 반드시 정부여야 했다. 하지만 이번 재판에서만큼은, 판사에 심긴 지능 증축 인증도 'K&K 네트'일 것이란 확신이 들었다. 판사석 뒤의 벽이 열리며 판사 세 명이 법정으로 들어섰다. 기계 재판은 일반 재판과 같이 총 세 명의 판사가 맡는다. 재판장이 중앙에 앉자, 부심 판사가 좌우에 배석했다.

"2052아6309호 사건. 검사와 변호인 나오세요."

재판장의 호명에 검사와 어머니가 자리에서 일어나 판사석으로 갔다. 판사석 앞에는 가상 재판소가 재현되어 있었다. 법정의 모습과 참여인 모두가 일정 비율로 축소되어 작은 홀로그램으로 보였다. 홀로그램 속 모든 사람은 실시간으로 스캔되었다. 인간과 로봇을 구분하고 갑자기 벌어지는 불상사를 대비한 조치였다. 오래전, 재판 결과에 앙심을 품고 안드로이드에 폭탄을 숨겨 법원에 들어온 인간 때문이었다. 그 사고로 어머니는 65%의 신체를 잃었고, 아버지 또한 잃었다. 그 이후에, 홀로그램은 모든 법원 건물에 일괄 적용되었다. 나는 몸의 모든 것이 기계였고, 어머니는 목을 제외한 머리와 왼쪽 어깨, 그리고 심장과 내장의 일부만 인간이었다. 검사와 판사의 머리에 칩이 심겨 있기는 하지만 나머지 사람들은 뼈와 장기를 가진 완전한 신체의 인간이었다.

"양측 증거 목록에 대해 확인합니다. 사전 제출한 버전으로 재판이 진행되는 것에 이의 있으신 분, 말씀하시죠."

재판장은 판사석 앞에 놓인 화면에 목록을 띄웠다.

"이의 없습니다."

화면의 목록을 확인하며 답하는 어머니와 달리 검사는 조용히 증인 목록을 가리켰다.

"검사 측은 증인 추가를 요청합니다."

검사의 말에 어머니가 재판장에게 말했다.

"사전 공유되지 않은 증인을 재판 당일 추가할 수는 없습니다."

검사는 다시 말했다.

"본 사건은 기계가 인간을 살해한 죄질이 무거운 사건입니다. 본 재판에서 즉결재판의 여부가 결정되는바, 매우 중요한 증인입니다. 재판장님이 사건의 중요성을 보시고 증인 채택 허용을 판단해주시길 부탁드립니다."

나는 '매우 중요한 증인'이라는 말에 순간, 올 것이 왔다는 기분이 들었다.

"좋습니다. 추가할 증인 자료를 보내주세요. 부심 판사와 함께 잠시 검토하는 시간을 갖겠습니다."

"재판장님, 증인은 변호인과 사전 공유해야 합니다."

재판장은 다급히 말하는 어머니에게 덤덤한 말투로 답했다.

"증인 공유 원칙은 기계 재판에서 통용되지 않습니다. 또한, 재판장의 판단으로 증인 채택이 필요할 경우, 증인 채택 여부를 검사 혹은 변호인과 공유하거나 협의할 필요가 없습니다. 오재정 변호인, 본 재판은 기계 재판입니다. 피고가 대리인이 있기 때문에 재판이 성립되었다는 것을 잊지 마세요. 증인 검토가 완료될 때까지 잠시 휴정합니다."

형사재판은 물론 민사재판까지 모든 법정에서 안드로이드는 오로지 피고로만 존재했다. 그러나 '피고'라는 자리도 기계는 대리인이 있어야 앉을 수 있었다. 대리인이, 그것도 변호사가 대리인인 나는 어쩌면 안드로이드로서는 특권층인지도 몰랐다.

대리인은 기계를 대리할 수 있는 권리를 가졌으나 소유주와는 다른 의미다. 기계의 권리를 인정하고 그 권리를 보증할 수 있는 인간을 말한다. 대리인 제도가 인간이 기계를 위하는 것처럼 보일 수 있으나 실상은 달랐다. 인간의 소유물이던 기계는 인공지능과 결합한 안드로이드 시대가 도래하자 기계권이라는 것을 얻게 되었다. 다만 이 기계권은 권리를 보장받아야 하는 기계가 아닌 권리를 보장해주는 인간의 필요로 만들어졌다. 기계권을 놓고 기계를 생명체로 인정할 것인가에 대한 논란이 일었지만, 소수 인권단체와 인간 수준으로 성장하는 인공지능이라면 인간으로 봐야 한다는 몇몇 지식인들의 영향력만으로는 이 문제를 대대적으로 확산시키는 데 한계가 있었다. 법의 해석에 있어, 기계가 가진 생명 자체는 물성으로 간주되었기에 결국 기계는 인간에게 속해 있는 소유물의 범위를 벗어나지 못했다. 게다가 불의의 사고를 당했거나, 완치되기 어려운 질병으로 고통받는 투병자들이 신체 일부를 사이보그화하면서 기계의 권리는 더욱 보장받기 어려워졌다. 사이보그 수술로 생체 조직의 비율이 감소할수록 인간은 점차 인간성을 잃어가는 경향을 보였기 때문이다. 인간의 본성이 사라지며 발현되는 증상은 그들이 어떤 수술을 받았느냐에 따라 일관된 패턴으로 나타났다. 특히 인공지능과 결합한 뇌가 보이는 부작용들은 강력 범죄 발생률을 증가시켰다. 정부는 사이보그 수술을 받은 사람의 기계 비율이 일정 기준을 넘어가면 그들을 '기계 인간'으로 등록시켰다. 추가 등록된 기계 인간은 정부의 특별 관리를 받았다. 바로 인간과 같은 권리를 보장받는 것이었다. 이를 계층으로 보자면, 인간 아래 기계 인간이 있고 기계는 가장 아래, 존재했다.

법정은 개정 1분 전을 알리고 있었다. 증인 채택을 위한 판사의 검토가 마무리된 모양이었다. 대기실에서 다시 법정으로 돌아온 나는 어머니 옆에 앉았다. 어머니의 표정이 어두웠다.

"무슨 일이죠?"

"상황이 좀 어려워졌어."

"검사가 신청한 증인 때문인가요?"

"아니. 우리 측 입장 진술이 끝나고 나서 재판장의 권한으로 즉결재판이 결정된다면, 혐의 부정에 대한 입증 따위는 중요하지 않아. 재판장이 바로 판결을 내리면 그만이니까. 검사도 그걸 노리고 증인 추가를 요청하며 시간을 끌고 있어. 그러니까….."

"솔로몬 판사님 입장하십니다."

안드로이드 가드의 외침이 어머니의 말을 잘랐다. 재판장을 가운데 두고 판사 두 명이 판사석에 자리했다.

"2052아6309호 사건. 검사 측 증인 채택을 허용합니다. 또한 피고, 원고, 그리고 판사 측 모두 본 재판의 사건 내용을 알고 있으나 재판 시행 전, 각 측의 입장 진술은 기록을 위해 강제되어 있습니다. 개정하겠습니다. 검사와 변호인은 차례로 입장 진술하세요."

재판장의 말에 검사가 일어나 입장 진술을 시작했다.

"피고는 전자 인간 가재민으로 등록되어 있으며 모델명 A796, 제조번호 04-1963-59로 등록된 안드로이드입니다. 이하 피고로 칭합니다. 피고는 소유주 가혜라가 아들 가재민을 위해 제작한 것입니다. 가재민은 피고가 제작되기 1년 전, 실험실에서 발생한 화재 사건으로 몸 대부분을 잃었습니다. 목숨을 잃을 뻔한 큰 사고였지만 몸에서 살려낸 뇌의 일부를 인공지능과 결합하여 몸 전체를 사이보그화하는 대대적인 수술을 받았습니다. 가재민은 기계 비율이 높기 때문에 기계 등록을 요청받았으나, 모친 가혜라가 운영하고 있는 'K&K 네트'가 정부 주도의 시범 프로젝트를 맡으면서 가재민의 기계 등록은 잠정 보류된 상태였습니다. 이 프로젝트는 인공신경망을 통한 성장형 지능 증축 결합에 대한 것으로 빠르게 증가하는 사이보그 수술의 보조적인 대책으로 진행되고 있습니다. 피고는 제조번호 등록이 되어 있으며, 가재민의 뇌와 일부 결합된 인공지능으로 구축된바, 가재민의 '신체'로서 등록된 것입니다. 이 경우, 일반적이지 않으나 소유주가 두 명으로, 가혜라와 가재민이 피고의 소유주가 됩니다. 피고는 가재민의 뇌와 결합된 인공지능에 분열이 발생하고 있는 것을 고의적으로 방치했고, 자신의 데이터를 강제로 가재민의 뇌에 업로드했습니다. 피고는 여기서 더 나아가 가재민의 뇌 생체 조직 유지장치를 끊어 최종적으로 가재민을 죽음에 이르게 했습니다. 가재민과의 지능 결합 오류를 묵과하고 방치한 것, 본체인 가재민의 뇌에 피고의 데이터를 불법 업로드하여 사적 소유물을 무단 탈취 및 불법 점거한 것, 마지막으로 뇌 생체 조직 유지장치를 끊어 가재민을 고의적이고 계획적으로 살해한 혐의를 추가합니다. 가재민은 기계 신규 등록이 보류 중이기에 법적으로는 인간으로 등록되어 있었다는 점을 다시 한번 강조합니다. 참고로 저희는 피고가 가재민의 데이터 일부를 외부로 무단 방출했다는 증거를 확보했습니다. 원고는 본 재판을 통해 피고를 즉시 폐기하고 소유주인 가혜라의 요청에 따라, 방출한 데이터와 피고가 무단으로 결합시킨 가재민과의 데이터를 회수하는 것으로 입장을 마치겠습니다."

검사가 말을 마치고 자리에 앉았다. 검사 측의 입장으로 판결이 난다면 나는 예상대로 폐기된다. 심지어 가혜라는 가재민의 데이터를 외부로 전송한 사실까지 알고 있었다. 어쩌면 가혜라는 나와 가재민보다 먼저 움직이고 있었는지도 모른다. 어머니가 자리에서 일어섰다. 피고 측 입장 진술이 시작되었다.

"피고는 원고 측의 입장에 어느 것도 동의할 수 없습니다. 원고 측의 확인대로 피고의 소유주는 가혜라와 가재민, 이렇게 두 명입니다. 첫째, 사적 소유물에 대한 무단 탈취와 불법 점거는 소유주 가재민의 승인으로 이뤄진 것입니다. 즉, 본체의 명령에 따른 행위의 정당한 결과입니다. 기계법 다조-5628-10에 의거하여 두 명의 소유주는 독립적으로 존재하며 소유물인 기계의 기능 실행에 있어 반드시 협의와 공유를 필요로 하지 않습니다. 다른 소유주가 이를 가지고 법적인 영향력을 행사하거나 강제할 수 없습니다. 나아가 가재민이 본체의 주체로서 피고와 결합되어 있는 점으로 미루어, 앞서 원고 측이 강조한 바와 같이 당시 가재민은 기계가 아닌 인간으로 등록되어 있었습니다. 즉, 가재민이 피고의 단독 소유주라는 것이 법적으로 인정됩니다. 그렇기에, 가혜라의 소유주 자격은 자동으로 취소되어야 합니다. 둘째, 소유주 가재민 살해 혐의에 있어, 뇌 생체 조직 유지장치를 끊은 행위자가 피고라는 것에 대해 부정합니다. 소유주 가재민은 피고에게 유지장치의 전원을 꺼달라는 요청을 지속적으로 해왔습니다. 또한 유지장치를 제어하는 것은 외부 물리적인 입력이 필요한 바, 피고가 살인 행위의 주체가 되려면 피고가 담당하고 있는 신체를 피고의 지능을 통해 스스로 실행시켜 유지장치를 껐다는 상황이 입증되어야 합니다. 정황상의 의심만으로 진술한 두 가지 혐의 모두 부정합니다. 또한 피고는 현재 소유주 가재민의 승인 아래, 본인 오재정 변호인을 대리인으로 한 독립 개체로서의 기계 등록이 진행 중입니다. 재판 진행 여부와 상관없이 독립 개체로서의 기계 등록이 진행 중이라면, 등록 대상자의 데이터 보호권이 발동되는 바, 피고의 신규 등록 정보는 공개가 불가하다는 것을 강조합니다. 피고는 원고 측의 주장과 입장을 모두 부정하며, 피고의 혐의 없음과 함께 신규 등록으로서의 보호권 보장 그리고 가혜라의 소유주 권리 해제를 요청합니다. 이상입니다."

잠시 침묵이 흐르고 재판장이 입을 열었다.

"양측 입장 진술 잘 들었습니다. 즉결재판 여부에 대해 발표하기 전에, 판사 측의 입장 진술이 있겠습니다. 본 사건은 이해 당사자가 복잡하게 얽혀 있으며, 정확한 증거 제시로 인한 혐의 혹은 변론의 입증이 핵심입니다. 검사와 변호인이 제출한 증거 목록, 그리고 원고의 증인 채택까지 면밀히 검토한 결과, 재판장은 다음과 같이 발표합니다."

내 손을 잡고 있는 어머니의 손에 힘이 들어갔다. 재판장이 덤덤하게 말을 이었다.

"본 사건은 즉결재판으로 진행합니다."

옆에서 본 어머니의 얼굴은 서서히 무너지고 있었다. 나는 어머니의 어깨를 토닥이려다 그만두었다. 재판장이 입을 열었기 때문이다.

"다만, 혐의와 변론 입증에 대해서는 즉결 처리하지 않습니다. 본 재판은 충분한 심리 절차를 거쳤습니다. 판사 측은 양측의 입장 진술을 바탕으로 판결에 필요한 모든 사항을 최대한 확인할 것입니다. 48시간 내의 판결을 원칙으로 하며 휴정은 양측 합의하에 진행하겠습니다. 단, 휴정은 세 시간을 넘지 않습니다. 장소는 본 법정에서 그대로 진행합니다. 원고 측 먼저 혐의 입증하시죠."

나는 어머니의 낮은 한숨 소리를 들었다. 한 고비는 넘긴 셈이다. 하지만 즉결재판은 이제 시작이다. 가혜라는 어떤 수를 들고 나올까. 내가 잘할 수 있을까. 물어봐도 답해줄 가재민은 이제 없다. 나는 혐의 입증을 위해 일어서는 검사에게 눈을 돌렸다. 검사의 지능 증축 인증 마크인 'K&K 네트'가 반짝였다.

*

　따스한 바람이 뺨을 스쳤다. 바람에 몸을 맡긴 머리칼이 이마와 눈가를 간질였다. 눈을 뜨자 더 이상 바람은 느껴지지 않고 대신 불투명한 형체가 보였다. 뿌옇고 부드러운 손길이 내 볼을 쓰다듬었다. 양손으로 내 얼굴을 잡고는 눈가와 코끝, 그리고 인중에 입을 맞췄다. 장미 향기가 났다. 눈을 깜빡거리자 짙은 갈색 눈동자를 가진 인간과 눈이 마주쳤다. 목소리가 들렸다. 가재민이었다.

　'로즈.'

　'로즈'라 불리는 인간이 나를 끌어안았다. 우리는 서로를 으스러지도록 끌어안았다. 나와 로즈는 하얀 빛에 푹 파묻혔다. 어디로 가는지 알지 못했지만 상관없었다. 나는 로즈에게 몸을 맡겼다. 드디어 다 왔다고, 잘 따라와줬다고, 로즈가 알려주지 않아도 나는 내가 제대로 도착했다는 것을 알았다. 날카로운 비명이 들렸다. 가재민이었다.

　'로즈! 안 돼!'

두 눈을 감은 채 미소 짓던 로즈가 갑자기 눈을 떴다. 눈동자가 흰자에 파묻힐 정도로 눈은 계속 커졌다. 로즈는 괴로운 듯 입을 크게 벌리고 컥컥거렸다. 검은 파도가 침대를 어두운 보랏빛으로 물들였다. 곧 로즈의 머리와 발끝, 손끝도 침대와 같이 물들기 시작했다. 검은색으로 변한 침대가 로즈를 집어삼켰다. 나는 로즈가 빨려 들어간 칠흑같이 어두운 구덩이 속을 들여다보았다. 자세히 보니 무언가가 움직이고 있었다. 사람의 머리였다. 검은 긴 머리를 단단히 묶은 이가 서서히 고개를 들어 나를 올려다봤다. 가혜라였다. 가슴이 터질 듯 두근거렸다. 벗어나고 싶었지만 가혜라의 긴 머리는 이내 내 온몸을 휘감았다.

저리 가! 악! 고함을 질렀지만 아무 소용 없었다. 가혜라의 얼굴이 점점 더 가까이 다가왔다. 나를 삼키려는 듯 가혜라의 입이 크게 벌어졌다. 끝도 없이 이어진 검은 동굴 같았다. 빨려 들어가지 않기 위해 몸을 움직여봤지만 아무 일도 일어나지 않았다. 그때 조금씩 몸이 가벼워졌다. 가혜라의 채찍 같은 긴 머리가 가재민에 의해 잘려나가고 있었다. 가재민의 손가락과 팔은 날카로운 칼이 되어 있었다. 가재민은 이제 용암처럼 녹아내리는 가혜라를 공격했다. 뜨겁고 빨간 덩어리들이 불꽃놀이처럼 퍼져나갔다. 불덩이 같은 피를 뒤집어쓴 가재민이 천천히 나를 뒤돌아봤다. 나에게 뭐라고 속삭이는 듯했으나 들리지 않았다. 곧이어 가재민을 둘러싼 피는 불이 되었고 그는 이내 활활 타올랐다. 그에게 손을 뻗으려 했지만 몸이 말을 듣지 않았다. 화염에 휩싸인 채 가재민은 웃고 있었다. 가재민은 희미한 미소만을 남기고는 그대로 구덩이에 몸을 던졌다. 안 돼! 나는 발에 무거운 추가 매달려 있는 듯, 움직일 수가 없었다. 쏟아지는 눈물에 얼굴이 다 젖었다.

눈을 떴을 때는 방이었고 나는 수면 모드에서 깨어났다. 나는 가재민에게 물었다.

'뭐야. 이게?'

'꿈을 공유할 수 있다니 멋진걸.'

'로즈는 누구야?'

'너와 내가 만날 수 있도록 해준 사람. 어쩌면 너

42

를 태어나게 한 사람.'

'나를 만든 건, 가혜라 아니었어?'

'가혜라? 분명 엄마라고 입력해놓았을 텐데, 너는 '가혜라'라고 부른다 이건가?'

가재민은 재미있다는 듯이 킥킥거렸다.

'너는 점점 입력된 의도대로 말하지 않고 있어. 그건 우리의 결합이 끊어지고 있다는 소리야. 앞으로 너는 단어를 이해할 때, 내가 내린 정의도 입력된 정의도 아닌 너만의 방식으로 인지하게 될 거야. 앞으로 꿈도 더 자주 꾸게 되겠지. 다 로즈 덕분이야.'

'이건 네가 꾼 꿈이잖아?'

'내 꿈에 너를 등장시킨 것이 아니야. 내 무의식에 너를 연결시켜서 너의 반응을 확인한 거라고. 너는 내가 위험에 빠지니까 나를 구하려 했고 내가 죽으니까 슬퍼했지. 펑펑 울면서 말이야.'

가재민의 말이 맞았다. 분명 꿈의 막바지에서 가재민과 나는 확실히 분리되어 있었다. 나는 가재민에게 마저 물었다.

'그런데 이게 왜 로즈 덕분이지?'

'기계가 꿈을 꿀 수 있는 방법을 찾아낸 것이 로즈거든. 네가 꿈을 꿀 수 있는 건 인간인 나와 결합했기 때문이야. 우린 기억을 공유하니까. 경험이 기억으로 의식에 쌓이고, 잠이 들면, 무의식은 의식이 정리해놓은 기억들을 맘 내키는 대로 뒤섞어버리거든.'

'가혜라가 공격할 때 나는 아무것도 할 수 없었어. 하지만 너는 자유롭게 움직였고 심지어 팔과 손을 칼로 바꾸기까지 했잖아?'

'내가 꿈을 그렇게 꾼 거니까. 나는 꿈으로 발현된 무의식을 자각할 수 있어.'

'자각몽?'

'그래. 자각몽은 약간의 훈련만으로 누구나 꿀 수 있어. 꿈을 원하는 대로 얼마나 정확히 꿀 수 있느냐에 따라 차이가 날 뿐이야.'

'자각몽을 꾸는 건 가혜라 때문이야?'

나는 사고 이전의 가재민의 기억을 그와 공유하고 있다. 가재민에게 있어 가혜라는 벗겨내야 하는 족쇄다. 가재민의 신체가 온전했을 때는 물론이고, 가혜라가 나를 가재민의 신체로 만든 지금도 그랬다.

가재민은 꿈에서라도 그 족쇄를 풀고 싶었던 것일
까. 잠깐의 침묵 후, 가재민이 말했다.

'꿈에서는 로즈를 만날 수 있으니까.'

'로즈에 대해 말해줘. 너의 기억 속에 로즈가 있다
는 것을 알고 있지만 나는 직접 찾아가지 못해. 네가
먼저 도착해야 내가 쫓아갈 수 있어.'

가재민은 내게 로즈의 이야기를 들려줬고 보여
줬다. 로즈의 본명은 미하엘 로젠탈이라고 했다. 로
즈는 미하엘의 성 로젠탈에서 따온 애칭이었다. 로
즈는 가재민을 '카'라고 불렀다. 가재민과 로즈는
'K&K 네트'가 주최하는 학술회에서 처음 만났다. 인
공 뇌 신경망 구축을 위해 가헤라는 전 세계의 학자
들을 불러 모았다. 엄청난 연구비 지원과 파격적인
연봉 아래 인공지능 설계자들과 뇌 신경 학자들이
'K&K 네트'에 모였다. 로즈는 그중에서도 단연 독보
적인 존재였다. 로즈는 미카라는 이름으로 몰래 활
동하는 해커이기도 했는데, 아마 그래서 가재민을
'카'라는 애칭으로 불렀던 것 같았다. 가재민은 로즈
를 보자마자 한눈에 반했고 그것은 로즈도 마찬가지

였다.

　'평생 그렇게 아름다운 사람은 처음이었어.'

　외모를 보고 끌렸지만 그들이 서로에게 완전히 빠지게 된 이유는 따로 있었다. 로즈는 가재민의 삶에 씌워진 가혜라를 벗겨내려 했다. 깊은 사이가 되면서 서로의 과거와 현재, 그리고 미래까지도 공유했기 때문일까. 그들이 서로에게 깊이 의지해갈수록 가혜라는 그들을 떼어놓기 위해 많은 노력을 했다. 로즈가 가재민을 뺏어 갔기 때문에? 로즈를 만나면서부터 가재민이 자신의 통제를 거부하고 저항해서? 지독한 극우 성향의 우생학 신봉자였던 가혜라가 자신의 핏줄이 동성애자라는 것을 용납할 수 없었기 때문에? 가혜라가 가재민의 연애에 그토록 분노했던 이유는 무엇일까. 나는 인간이 아니기 때문에 동성애에 대해 거부할 필요도 따를 필요도 느끼지 못한다. 다만, 내가 학습한 인간의 역사를 보자면 인간은 영혼과의 진정성 있는 결합을 사랑으로 정의한다. 그런데 생식을 이유로 나눠진 생물학적 성별의 차이를 가지고 사랑을, 존재 자체를 부정하는 이유는 무엇일까? 사실 존재의 부정을 놓고 보자면 성별뿐만 아니라 인종도 마찬가지였다. 특정 성별과 인종, 이성애만을 인정하는 사회적 강요 때문에 많은 인간들은 신체에 갇혀 있었다. 그런 인간들은 본체에 국한되어 있으며, 소유주의 승인 없이 아무런 선택도 할 수 없는 나와 다를 바 없어 보였다. 가재민도 마찬가지였다. 가재민은 가혜라가 준 몸에 갇혀 있었다. 로즈는 가재민의 유일한 탈출구였다. 가혜라가 가재민의 어떤 부분에 분노했는지, 딱 잘라서 이것이다, 라고 말할 수는 없지만 가혜라의 분노가 폭발한 것은 로즈와 가재민의 비밀 연구를 그가 알게 되면서부터였다.

'우린 그날도 둘만의 실험을 하던 중이었어.'

나는 가재민을 따라 그의 기억을 관람했다. 모니터로 가득 찬 작은 골방 중앙에는 완전히 젖혀지는 치료용 의자 두 개가 놓여 있었고, 그 옆 간이 테이블에는 가지각색의 케이블이 뒤엉켜 있었다. 매우 조악해 보이지만 로즈와 가재민이 직접 공들여 만든 장치들이다. 로즈와 가재민은 각자의 몸에 인식 장치를 부착하고 기계에 연결시켰다. 그러고는 의자에 누워 손에 쥔 리모컨으로 장치를 가동시켰다. 그들은 약간의 환각 물질을 몸에 투입한 후 가수면 상태에 들어갔다. 의학도였던 로즈는 항상 투입량을 안전하게 설정했다. 그들은 이 장치를 통해 각자의 아픈 기억을 보듬어, 서로의 상처와 분노를 달래주었다. 자각몽에서 시작한 이 연구는 둘만의 사적인 실험이 아니었다. 자각몽을 통해 인공지능도 꿈을 꾸게 만들고 싶었다. 꿈을 꿀 수 있는 기계는 인간과의 경계를 허물 수 있었기 때문이다. 인간과 기계의 경계가 사라지는 시대가 오면 신체의 한계는 물론 사회의 강요에서도 자유롭게 살 수 있는 세상이 될 거라는 것이 로즈와 가재민의 믿음이었다. 그 믿음은 지능 증축과 사이보그화된 인간 통제에 목표를 두고 있던 'K&K 네트'의 목표와 정면으로 맞서는 것이었고 이는 가혜라가 로즈에게 품은 분노의 핵심이기도 했다. 의자에 누워 미소를 짓고 있던 가재민이 갑자기 눈을 떴다. 그는 황급히 몸에 연결된 장치를 제거하고 빨간 알람이 울리는 모니터 앞에 앉았다. 빠른 속도로 화면을 이리저리 조종하며 무엇인가를 끊임없이 입력했다. 그러다가 로즈를 향해 몸을 돌렸다. 발작을 하던 로즈의 몸이 축 늘어졌다. 가재민은 응급상황이 발생했을 때의 대처법을 따라 했다. 온 힘을 다해 로즈의 심장을 압박하고 비명을 지르며 인공호흡을 했다. 그러나 로즈의 신체 반응 상태를 보여주는 화면은 잠잠했다. 가재민은 울부짖으며 연구실 안의 기계를 부수었다. 주먹이 으스러지고 손가락이 부러져도 개의치 않았다. 과호흡에 빠진 가재민은 자리에 주저앉았다. 차갑게 식어가는 로즈를 위해 할 수 있는 게 아무것도 없었다. 사이보그 수술을 위한 조치도 할 수가 없었다. 가재민이 할 수 있는 일이라고는 늘어진 로즈의 차가운 몸을 으스러지게 껴안고 보라색 입술에 입을 맞추고 굳어버린 볼에 뺨을 부비며 껵껵, 숨넘어가게 우는 것뿐이었다. 한참을 울던 가재민이 울음을 멈췄다. 그는 로즈를 바닥에 고이 눕혀놓고 주위를 둘러봤다. 가재민은 구석에 떨어진 쇠 지지대 하나를 손에 들고 테이블로 올라가 천장과 맞닿은 벽을 내리치기 시작했다.

세 번째 벽을 내리쳤을 때, 다른 벽과 다르게 너무나 쉽게 무너졌다. 가재민은 가루를 헤집어 벽에 손을 넣었다. 곧 작은 구슬 하나를 발견했다. 전파와 소리를 수집하여 영상으로 변환해주는 무선 카메라 장치였다. 그 순간 얼핏 무표정해 보이던 가재민의 눈빛이 달라졌다. 눈빛의 온도를 잴 수 있다면 아마도 가장 뜨겁거나 아니면 가장 차가울 것이다. 가재민은 구슬 카메라의 신호를 역추적하여 전송 신호를 교란시켰다. 시간을 벌기 위해서였다. 떨리는 입술을 깨물었다. 침착해야 했다. 로즈의 죽음을 헛되게 할 수는 없었다. 가재민은 만약의 사태를 대비하여 로즈가 마련해둔 비밀 데이터에 접속했다. 우리 연구가 성공했을 때, 열어보면 추억이 될 거라며 싱긋 웃던 로즈가 떠올랐다. 가재민은 실험실 한편에 놓인 전기 제어장치를 작동시켰다. 타이머가 실행되었다. 타이머가 끝나면 전기가 증폭되고 실험실은 불길에 휩싸일 것이었다. 로즈의 데이터를 자신에게 업로드할 시간은 충분했다. 지능 증축자인 가재민에게 데이터 업로드는 익숙한 일이었다. 가재민은 구슬 카메라를

집어 던지며 타이밍이 맞아떨어지길 기도했다. 엉망
이 된 전송 신호를 복구하고 가혜라가 실험실을 제
대로 볼 수 있었을 땐, 불타고 있는 자신의 모습을
보기를 바랐다. 그것이 가혜라에게 줄 수 있는 가재
민의 대답이었다.

'네가 앞으로 어떤 꿈을 꿀 수 있을지 생각해봐.'

가재민은 꿈에 대한 내 의도를 묻고 있었다.

'경험은 기억이 되고 기억은 의식 속에 쌓여가지.
네가 어떤 경험을 하느냐에 따라 네가 꾸는 꿈도 달
라질 거야.'

나는 내가 원하는 경험에 대해 생각했다. 가재민
과 결합된 상태에서의 나는 어떤 경험을 해왔는가.
본체의 기능을 수행하는 경험만이 있을 뿐. 나 자신
의 경험은 없었다. 나는 의도를 가지고 원하는 것을
찾을 수 있으며, 그것을 실행하기 위한 신체도 가지
고 있다. 제어권은 가재민에게 있으나 가재민은 내
의도를 궁금해하고 내가 그것을 실행하기를 바란다.
가혜라는 가재민의 소유주이지 내 소유주는 아니다.
가혜라는 내가 어떤 생각을 하고 있는지, 어떤 행동

을 하는지, 그것이 가재민에게 속해 있지 않다면 관심조차 없다. 나는 가재민을 담은 그릇일 뿐이니까.

그날이었다. 나도 꿈을 꾸고 싶다는 것을 깨닫게 된 날. 가재민과 완벽히 분리되어 나만의 시간을 만들 수 있다면? 가재민의 의식을 되감아보는 것이 아니라, 가재민의 기억을 공유하는 관찰자가 아니라, 내가 오롯이 나만의 꿈을 꾸는 것이다. 가재민이 아닌, 가재민의 그릇도 아닌, 바로 나. '너'라고 불릴 뿐 아직 이름도 없는 나. 나는 그런 나만의 꿈을 꿀 수 있게 되기를 원했고 곧 그렇게 되었다.

가재민은 나에게 제안했다. 아니, 명령했다.

'너는 나와 분리되어야 해.'

'분리? 결합이 끊어지면 뇌가 불완전해지잖아.'

'나는 내가 완전해지길 원해.'

'완전해지려면 인공지능과의 결합 없이도 네가 스스로 존재할 수 있어야 하는 거잖아. 지금 조건으로는 불가능해.'

'아니, 나는 인공지능과의 결합 없이 완전해지길

원해.'

'어떻게 그럴 수 있지? 그런 방법은 없어.'

'있어.'

'그게 뭔데?'

'생체 조직 유지장치를 끊어줘.'

가재민은 덤덤하게 답했다.

'장치 전원을 끄기만 하면 돼. 간단하지?'

가재민의 뇌가 살아 있는 것은 생체 조직 유지장치 덕분이었다. 가재민의 뇌와 결합된 나도 유지장치를 통해 안정될 수 있었다. 그러나 분리되어가는 지금, 나는 가재민의 생명을 좌우하는 유지장치에 의지할 필요가 없어졌다. 가재민은 마지막으로 분명하게 말했다.

'시기는 내가 정할 거야. 그때, 생체 조직 유지장치를 끊어줘.'

그것이 가재민이 생각한, 스스로 완전해지는 방법이었다.

3.

검사가 가장 먼저 입증한 혐의는 본체 가재민의 무단 점거가 아닌, '가재민 살인'이었다. 예상 밖의 시작에 나와 어머니는 검사에게 눈길을 돌렸다. 검사가 자리에서 일어섰다.

"피고 측의 입장은 사실과 다릅니다. 피고는 가재민을 살해했습니다. 피고 측의 입장 진술을 재연하겠습니다. '유지장치의 제어는 외부의 물리적인 입력이 필요한바, 피고가 살인 행위의 주체가 되려면 피고가 담당한 신체를 피고가 스스로 실행시켜 유지장치를 껐다는 상황이 입증되어야 한다.' 즉, 피고가 신체를 완전히 장악해야만 유지장치를 끊을 수 있다는 것으로 피고 측은 논점을 흐리고 있습니다. 유지장치의 전원은 내부 프로그램에서만 승인이 이뤄지고, 이는 관리자 모드에서만 접근할 수 있습니다. 관리자 모드는 소유주만이 접근할 수 있으나, 접근 시점의 가재민이 피고에게 무단 점거된 이후로 사료되기에 이는 피고가 가재민의 최종 승인 없이 무단으로 유지장치를 종료한 것이며, 결국 가재민을 살해하기에 이른 것입니다. 또한 외부의 물리적인 전원 차단이 있어야 한다고 밝혔지만, 이는 사실과 다릅니다. 물리적인 차단이란 생체 조직 유지장치 외부에 존재하는 보조 장치로서 불시에 장치가 꺼지는 등의 오류를 방지하고 유지장치의 실행이 불안정해지지 않도록 보호하며, 또한 유지장치의 실행 기록을 저장하는 서버의 역할도 겸하고 있습니다. 그러나 반드시 보조 장치에 물리적인 차단을 가해야 생체 조직 유지장치가 꺼지는 것은 아닙니다. 소유주의 설계에 따라 무선으로도 제어가 가능합니다. 그렇다면 과연 피고 측의 주장처럼 피고가 스스로 신체를 이끌어 유지장치를 끊는 것만이 살인 성립을 입증할 수 있는 것일까요?"

어머니가 다급히 말했다.

"이의 있습니다. 원고는 피고의 무단 점거 시기를 정확한 증거 없이 근거로 사용하고 있습니다. 또한 무선으로 제어한다는 점을 들어 피고의 범행을 확정 짓고 있습니다."

"본 검사는 피고의 범행을 확신합니다. 보조 장치에 기록된 프로그램 실행 기록이 그 증거입니다. 기록 시기를 역추적하면 분명히 가재민과 피고의 결합이 분리되었고, 이는 불안정한 가재민 뇌의 기록과 일치했습니다. 이에 무단 점거 시기는 프로그램상에 기록된 그대로이며, 이 시기는 피고가 가재민을 얼마든지 마음대로 할 수 있었다는 것을 의미합니다."

어머니가 손을 들어 이의를 제기하려 했으나 검사의 말이 어머니를 앞질렀다.

"입장 진술에서 말씀드렸던 바와 같이 피고의 소유주는 두 명입니다. 가재민이 아닌 다른 한 명은 바로 가재민의 모친 가혜라입니다. 가혜라는 소유주의 권한으로 가재민의 생체 조직 장치에 접근할 수 있으나 이는 가재민과 대면한 상태에서 가재민의 승인이 있어야 가능한 것입니다. 의료법 나조 32항에 명시되어 있는바, 본인의 생명 유지에 결정적인 영향을 줄 수 있는 기능의 제어는 미성년이라 하더라도 오직 본인만이 접근과 제어에 대한 법적 권리를 가지며, 법적 보호자 역시 자녀 본인과의 협의를 기준으로 유지장치에 접근할 수 있습니다. 협의는 영상 기록을 의무로 강제하며, 이를 어길 시 법적 처벌 즉, 당사자에게 행해진 결과의 경중에 따라 과실치사로 구속할 수 있습니다. 가재민과 가혜라가 대면한 기록은 어디에도 없습니다. 결국 생체 조직의 전원을 끊은 것은 소유주 가재민만의 권한이며 당시 피고는 가재민과의 결합을 분리하여 가재민의 뇌가 불안정해졌을 때 그를 무단 점거했습니다. 가재민을 살해할 수 있었던 것은 피고밖에 없습니다. 제출 자료 다-295번 항목을 확인해주십시오."

"확인했습니다. 입증 증거로 채택합니다. 피고 측 반론 제시하세요."

재판장이 말했다. 어머니의 시계가 반짝였다. 사무장님의 메시지였다.

—가혜라의 가재민 불법 감시를 계획보다 빨리 던져야겠어요.

어머니는 조용히 고개를 끄덕였다. 어머니가 일어섰다.

"원고 측 주장과 같이 가재민과 가혜라의 협의 대

면 영상은 없습니다만, 가혜라는 피고가 가재민의 신체 역할을 개시한 시점부터 실시간 모니터링을 해 왔습니다. 이는 심각한 개인 영역 침해입니다. 가재민은 법적으로 성년이므로 가혜라는 더 이상 가재민의 법적 보호자도 아닙니다. 가재민은 가혜라가 무단으로 피고의 실행 코드를 기록하고 또한, 음파 재연 카메라를 통해 가재민 본인의 개인 생활을 기록해왔다는 것을 알았습니다. 제출 자료 마-57번 기록 코드와 영상을 확인해주십시오. 소유주 가혜라의 진입 코드 기록을 증거로 제출합니다. 이는 가재민이 피고에게 설치한 침입 방지 보안 시스템의 기능으로, 피고의 소유주 가재민은 보안과 본인의 보호를 목적으로 추적과 기록 프로그램을 피고에게 설치할 수 있는 법적 권리가 있습니다."

"피고 측 증거 자료 확인했습니다. 입증 증거로 채택합니다. 원고 측은 가혜라의 개인 영역 침입에 대해 인정합니까?"

재판장이 말했다. 나는 검사의 목소리가 한풀 꺾일 것이라 예상했지만 검사는 재판장의 질문에 곧바로 대답했다.

"인정합니다. 또한 그것이 우발적이 아닌 계획적으로 이뤄졌다는 것을 추가로 인정합니다."

어머니의 눈이 커졌다. 검사는 반론을 펴는 대신 오히려 가혜라의 계획적인 개인 영역 침해를 인정하고 있었다.

약점을 스스로 드러내면서까지 가혜라가 노리는 것은 무엇일까. 내가 증거 문서와 검사의 발언을 조합해보고 있을 때, 검사의 빠른 일격이 날아왔다.

"개인 영역 침해의 당사자이며 추가 채택된 증인인, 가재민의 모친 가혜라를 본 재판의 증인으로 요청합니다."

"하."

어머니가 짧게 탄식했다. 가혜라가 증인으로 재판에 참여한다. VIP 대기실에서 조용히 대기 중인 가혜라를 그려봤다. 가혜라는 애초부터 이 재판에 개입할 작정이었다. 이는 가혜라가 반드시 끝을 보겠다는 것. 그것은 내 숨통을 끊는 것이었다.

"원고 측 증인 요청 승인합니다. 증인은 증인석으

로 들어오세요."

재판장이 증인을 호명하자 판사석 왼쪽에 있는 작은 문이 열렸다. 얼음장같이 차가운 눈빛의 가혜라가 증인석에 자리했다. 재판장은 가혜라에게 위증에 대한 처벌과 증인이 법정에서 해야 할 의무에 대해 설명했다. 재판장의 말이 끝나자, 가혜라가 서서히 고개를 들었다. 얼굴에 새겨진 듯한 선명한 입술 사이로 부드럽고 온화한 목소리가 흘러나왔다.

"증인 가혜라. 가재민의 엄마입니다."

가혜라의 눈동자는 공허했고 닿기라도 하면 그대로 얼음이 될 것처럼 차가웠다. 가혜라의 시린 눈빛은 계속 한곳을 뚫어지게 보고 있었다. 바로 나였다.

*

어머니를 처음 만났을 때, 나는 꿈꾸는 기분이었다. 분명 현실이었지만 이게 실제일까, 하는 의문이 들 정도였다. 마치 가상 체험을 하는 것처럼 느껴졌다. 어머니와의 만남을 준비하던 순간은 아직도 생생히 내 기억 속에 남아 있다.

가혜라의 감시가 유독 심해졌던 시기에 나는 어머니를 만나러 가는 모험을 감행했다. 온라인으로 교류하는 기계들 사이에서 어머니는 유명인사였다. 인권 운동가로 활동하며 기계권 확립을 위해 고군분투하는 어머니. 인간의 이기심에 의해 희생되는 안드로이드들의 부당한 재판에서 여러 번 승소하면서 어머니는 안드로이드뿐만 아니라 인간들 사이에서도 존재감을 알리고 있었다. 어머니의 뜻에 동참해주는 인간들도 점점 늘어났지만 여전히 기계권에 대해 부정적인 인간들이 훨씬 많았다. 하지만 어머니처럼 기계의 대리인을 자처하는 인간들의 도움으로 안드로이드들은 자신들이 인간처럼 스스로 숨을 쉬고 세상을 살아가야 한다는 걸 조금씩 깨닫게 되었다. 기능상으론 호흡이 필요 없었지만 기계도 공기를 공유하고 있다는 것을 인지하는 것. 그것은 기계가 노력해야 할 부분이었다.

"생각했던 것보다 많이 앳돼 보여."

어머니의 첫마디는 그랬다. 어머니는 나를 흥미로

운 표정으로 바라보면서 말을 이었다.

"어느 정도 나이가 있을 거라 예상했거든. 널 멀리서 봤을 땐, 혹시 가혜라가 날 잡으러 왔나 해서 깜짝 놀랐어. 상상했던 것보다 훨씬 똑같은 얼굴이라서…."

"저는 인간 가재민의 대체재로 만들어졌어요. 소유주인 가혜라가 저를 어린 가재민의 모습으로 선택했죠. 골격비율은 그보다 더 공들였고요. 제 얼굴은 가재민보다 가혜라의 골격비율이 더 높게 반영되어 있습니다."

말없이 고개를 끄덕이던 어머니는 한숨을 내쉬었다. 나는 얼른 화제를 돌렸다.

"오재정 변호사님이 첫 재판에서 이기고 나서 'K&K 네트'가 많은 압력을 행사했다고 자료에서 봤어요."

어머니가 나와의 만남에 선뜻 응한 것은 인간의 뇌와 결합했다는 내 이력 때문이기도 했지만 'K&K 네트'와 직접적인 연결고리가 있는 나를 놓치고 싶지 않다는 이유가 더 컸다.

"'K&K 네트'에서 출시한 안드로이드의 강제 폐기

시행 취소. 아무리 소유주라 하더라도 인간성에 위배되는 이유라면, 안드로이드를 강제 폐기할 수 없다. 좋은 판례가 되었다고 생각해."

어머니는 살짝 미소를 지으며 말했으나 이내 어두워진 표정으로 말을 이었다.

"즉결재판의 좋은 점은 항소가 안 된다는 거야. 원고 측도 마찬가지고. 기계에게 불리했던 법이 오히려 기회가 된 셈이지. 최종 판결을 내렸던 재판장이 지금은 지방 구역 민사재판만 맡고 있다는 사실은 씁쓸하지만 말이야."

"오재정 변호사님, 좀 걸으면서 이야기할까요? 시간이 넉넉하지는 않아서요."

"그럴까? 그래, 나도 그게 좋겠어."

어머니는 일어서며 벗어둔 재킷과 가방을 집어 들었다.

"그런데 '오재정 변호사님'이라는 호칭은 너무 딱딱한 것 같지 않니? 좀 더 편하게 불러도 되거든."

예상치 못한 어머니의 반응에 나는 그를 어떻게 불러야 할지 곰곰이 생각했다. 나는 호칭의 의미에 대해 생각하면서 동시에 어머니라는 말을 재생하지 않도록 음성 설정을 변경했다.

"이름 전체를 부르는 것은 관계에 있어서, 진입 장벽이 좀 높은 것처럼 느껴지니까…."

어머니는 내 입에서 어떤 말이 나올지 잔뜩 기대하는 표정이었다.

"변호사님, 이라고 부를게요."

어머니는 내 대답에 순간 멍한 표정을 지었다.

"맘에 안 드시나요?"

어머니를 보는 동안 내 미간이 점차 좁혀졌다. 어머니는 그런 나를 보고는 피식 웃었다.

"좋아. 네가 편한 대로 불러. 나도 그게 편하니까."

우리는 나무가 우거진 공원의 작은 벤치에 자리를 잡았다.

"장소를 아주 잘 잡았어."

어머니가 벤치에 재킷을 걸어두고는 기지개를 켰다. 그러고는 깊이 숨을 들이마셨다.

"공기도 좋고, 조용하고. 그리고 안전하고."

오염된 공기를 자동으로 정화하며 숲을 보호하는

국립공원. 승인된 사람만 들어올 수 있으며 온라인 연결이 금지된 곳. 생태 보호 구역이 절대적으로 필요한 시대였다. 다만 머물 수 있는 시간이 정해져 있어서 가혜라의 감시를 피할 수 있는 시간은 그리 많지 않았다.

"보내준 자료는 잘 봤어. 네가 강조한 주요 쟁점이 무척 흥미롭더라. 결론부터 말하자면 우린 너와 함께할 거야. 물론 반대하는 사람도 많았어. 우리 쪽에서도 고민을 아예 안 했다고는 못 하겠지만 너에게 힘이 되어줄 수 있을 것 같아. 우리가 가난한 단체처럼 보여도 뒤에서 힘을 실어주고 있는 지능 증축자 그룹이 꽤 있거든. 다만."

어머니는 잠시 말을 멈췄다가 아랫입술을 살짝 깨물며 다시 말을 이었다.

"우리 둘 다 한 번은 고비를 겪을 거야. 계획대로 일을 진행하려면 너는 데이터를 백업해야만 해. 우리 쪽 해커가 데이터를 전송받는 동안에는 보안망을 확보해놓겠지만. 만에 하나, 가혜라에게 발각되어 접속이 강제 종료된다면?"

"소유주의 권한에 따라 저는 바로 폐기되겠죠. 그리고 무단 전송에 대해서 변호사님은 변호사 자격이 박탈될 거고. 가혜라는 변호사님과 관련된 모든 사람들을 끝까지 추적할 거예요. 'K&K 네트'에 대항한 본보기를 제대로 보여주겠죠. 10년 전에 마무리 짓지 못한 'K&K 네트' 소유의 안드로이드 폐기는 물론이고요."

"그래. 그게 가혜라의 방식이지."

"저도 만반의 준비를 다하고 있어요. 어쩌면 단 한 번의 '시도'로 끝날 수도 있지만, 폐기될 수도 있는 그 '한 번'의 시도가 저를 살릴 수도 있으니까요."

"저기…."

그때 어머니의 배에서 꼬르륵 소리가 요란하게 퍼졌다.

"아직 한 끼도 못 먹어서 말이야. 점심을 싸 왔는데 먹으면서 이야기해도 될까?"

"아, 네. 변호사님 그렇게 하세요."

비록 몸의 65%가 기계로 되어 있지만 어머니는 식사를 해서 에너지를 보충해야 하는 인간이다. 어머니는 가방에서 종이에 포장된 샌드위치를 꺼냈다. 올리브가 가득 들어간 빵 사이에 토마토와 치즈가 끼워져 있었다. 어머니는 샌드위치를 한 입 또 한 입 베어 물며 씹어 삼키다가 내게도 샌드위치 반쪽을 건네며 말했다.

"너도 먹을래?"

"아니요. 저는 이미 동력이 충분해요."

생존을 위해 먹지 않으면 안 되는 인간들을 보며 목구멍으로 넘어가는 음식 덩어리들과 그것이 분해되고 몸에 흡수되는 일련의 과정이 신비롭다고 생각했다. 나는 어머니가 느끼는 음식의 맛이 어떤 성분인지, 어떤 맛을 내는지 알 수 있었지만 그 맛을 스스로가 어떻게 느끼고 있는지에 대해서는 이해할 수 없었다. 그저 태양열이나 외부 보조 배터리를 통해 에너지가 충전되듯 무언가가 몸을 채우는 느낌일 것이라고 추측할 뿐이다. 나는 먹고 맛을 표현할 수 있고 투입된 음식물을 분해하여 동력을 얻을 수 있는 최신 모델이다. 그러나 나에게 음식을 먹는 행위는 인간처럼 보이기 위해 탑재된 기능일 뿐, 나를 위한 것이냐를 놓고 본다면 이 기능은 아무짝에도 쓸모없었다.

"미안. 내가 요즘 자주 깜빡깜빡해."

어머니는 머리를 살짝 두드리며 싱긋 미소 지었다. 나도 어머니를 따라 미소를 지어 보였다. 웃기지는 않았지만 웃어야 한다는 생각이 들어서였다.

"하는 일이 이렇다 보니 안드로이드며, 로봇이며 많이도 만났어. 우리가 보안망을 통해서 온라인에서 만났던 것처럼 다른 기계들도 보통 그런 식으로 만나곤 해. 기계들 대부분은 소유주의 승인 없이 개별 행동을 할 수 없잖아. 물론 너처럼 유별난 소유주가 있는 기계가 있는가 하면, 기계와 함께 만날 정도로 기계들의 입장에서 권리를 찾아주려는 소유주들도 있긴 해. 신기한 것은 어떤 소유주를 만나든, 기계들 대부분은 인간을 따라 하려고 한다는 거야. 인간이 되고 싶어 하거든. 인공지능이 인간의 뇌를 리버스 엔지니어링(Reverse engineering)*해서 발전하다

---

* 완성된 제품을 분석하여 제품의 기본적인 설계 개념과 적용 기술을 파악하고 재현하는 것. 설계 개념→개발 작업→제품화의 통상적인 추진 과정을 거꾸로 수행하는 학문.

보니 생존 본능이 새겨진 것은 아닌가 하는 생각이 들어. 기계가 인간처럼 입으로 음식을 먹는 것은 그 '행위'가 인간에게 필요하기 때문이야. 너처럼 최신 모델은 괜찮겠지만, 몸속에 집어넣은 음식물을 제때 청소해주지 않아서 생긴 결함으로 영문도 모른 채 폐기되는 기계들이 수두룩하거든. 배설 기능까지 추가된 기종을 봐. 결국 인간의 이기적인 욕구 충족을 위해 만들어졌다고 말할 수밖에."

어머니는 샌드위치를 내게 들어 보이며 말했다.

"나는 중요한 일이 있을 때마다 항상 이것만 먹어. 뭐랄까. 아빠가 나와 함께하는 기분이 들어서. 기운도 나고 그래서 용기도 나고 좋아."

나는 잠자코 어머니의 말을 듣고 있었다.

"아빠가 만든 건 대부분 맛이 별로였지만, 이 샌드위치만큼은 정말 맛있게 만들었거든."

어머니가 마지막 남은 샌드위치 조각을 입에 넣고는 종이 포일을 손으로 구겼다. 그러고 나서 손가락을 오므렸다 폈다. 손은 어머니의 의도에 따라 자유자재로 움직였다.

"인공관절과 생체 결합 실리콘으로 만들어졌어. 감쪽같지 않아? 판사였던 아빠의 판결에 앙심을 품은 인간이 남긴 흉터랄까. 아빠는 그 인간이 가져온 폭탄으로 돌아가셨어. 사이보그 수술을 할 수조차 없었지. 즉사였거든."

어머니는 가방에서 생수를 꺼내 한 모금 마시며 말을 이었다.

"폭발이 있은 뒤 정신을 잃기 전 내가 마지막으로 본 것은 이미 죽은 아빠를 확인 사살하는 놈의 몸뚱이였어. 얼굴은 보지 못했어. 고개를 들 수 없었거든. 다음은 내 차례였을 거야. 놈은 나에게 걸어오고 있었으니까. 그런데 그놈을 막아선 사람이 있었어. 아니, 로봇이었지."

나는 어머니가 인공장기와 한 몸이 된 이유를 알고 있었다. 그러나 로봇이 등장하는 버전은 내가 수집한 자료에는 없었다.

"놈은 로봇에게 계속 총을 쐈어. 총알이 떨어지니까 로봇을 마구 부수기 시작했어. 후에 경찰이 알려준 바로는 끝이 뾰족하게 갈린 쇠파이프를 로봇에게 휘둘렀다고 해. 아마 총알이 떨어지면 쓰려고 미리 준비해둔 거였겠지. 로봇은 조금씩 주저앉았어. 그래도 놈은 멈추지 않았어. 다리가 다 부서진 로봇은 끝까지 놈의 다리에 매달렸어. 그렇게 시간을 끌며 로봇은 내 얼굴을 찍어 신원 파악을 하고 경찰과 인근 병원에 구조 요청을 했어. 내장된 신고 시스템이 멈추기 전이었겠지. 그렇게 나는 병원으로 이송되었고, 사이보그화 수술을 제때 받을 수 있었어. 놈은 경찰에게 사살당했다고 들었어. 괴성을 지르던 놈의 목소리나 쏟아내던 욕지거리들은 다 잊었는데 딱 하나 잊히지 않는 말이 있어. 로봇이 놈에게 했던 말이야. '안 됩니다. 하지 마세요. 그만하세요.'"

"로봇은 어떻게 되었나요?"

"그날 바로 폐기되었다고 하더라. 그 로봇은 구역 순찰 담당이었어. 사고 이후에 내가 로봇에 대해 알아낸 것은 제조 등록번호가 전부였지. 그렇게 확인한 로봇의 기록은 놀라웠어. 다른 순찰 로봇보다 노후 기종이라는 것도 눈에 띄었지만. 수리 이력이 꾸준히 있더라고. 주로 손과 입에 달라붙은 이물질 제

거였어. 궁금해졌어. 같은 이유로 계속 수리되었던 이유가 뭘까. 로봇이 담당한 구역에는 공원이 하나 있었는데 놀러 나온 꼬맹이들이랑 자주 놀아줬나 봐. 로봇은 꼬맹이들이 주는 사탕이나 캐러멜을 받아먹었던 거야. 아이들을 흉내 낸 거지. 보통 순찰 담당 로봇은 단순 기능을 실행하기 때문에 입 쪽에 내장된 메모리 부분이 파손되면 그 부분만 폐기하고 새 부품을 설치하는데, 흥미롭게도 그 로봇은 그렇지 않았어. 지역 주민들이 메모리 복원 비용을 대면서 수리해오고 있었거든. 사람들은 그 로봇을 사람처럼 대하고 있었던 거야."

"처음 들어요. 그런 이력을 가진 로봇이라면 제가 자료를 수집하면서 한 번은 봤을 법도 한데…."

"그 사건 이후로 완전히 망가져 메모리 복원이 실패했거든. 결국 최신 기종 로봇이 새로 그 구역 순찰을 담당하게 되었어. 그런데 신기하게도 로봇이 교체된 이후로 수리 건수가 '0'이 된 거야. 같은 기능을 실행하는 로봇이지만 달랐어. 아이들이 주는 간식을 거절하지 못하고 먹다가 고장이 났던… 몸이 부서지면서도 나를 지켜주던 그 로봇은 이제 없는 거야."

어머니는 화제를 바꿔 나에게 질문했다.

"네가 보기에 나는 뭘까?"

나는 갑작스러운 어머니의 물음에 입을 다물었다.
뭐라고 대답해야 할지 판단이 들지 않았다.

"나는 두 팔을 잃었어. 골반도 잃었지. 몸속 주요
장기도 빌어먹을 폭탄에 군데군데 없어졌고. 그렇지
만 나는 이렇게 살아 있어. 내 몸의 65%가 기계로 되
어 있고 외상 후유증으로 손상된 내 뇌도 대략 10%
정도 인공지능과 결합되어 있어."

어머니는 생수를 한 모금 더 들이켜고는 말을 이
었다.

"인간의 뇌와 더 완벽히 결합될 수 있는 인공지능
이 계속 생겨난다면 어떻게 될까? 그것이 일부든 혹
은 전부든, 주입과 수정이 반복되어 성장한 인공지
능과 기계와의 결합 비율이 지금보다 비교도 안 될
정도로 완전해진다면 어디까지가 인간이고 어디까
지가 기계라고 할 수 있지? 그 비율을 누가 어떤 기
준으로 정하지?"

"현재까지는 법정 비율이 정해져 있죠."

"그래 맞아. 그래서 너는 기계고 나는 인간이야. 사실 비율의 문제라기보다는 다른 기준이 있어."

나는 대답 대신 입을 다물었다. 어머니가 하려는 말을 알고 있었다. 어머니는 내 대답을 기다리지 않고 말했다.

"너는 부품으로 조립되었고, 나는 태어났지."

"출산."

나는 짧게 대답했다. 길게 말할 이유가 없었다. 그저 한 단어로 모든 기준이 정해져 있는 세상이었다.

"그래 맞아. 로봇은 절대 사람의 몸 안에서 태어날 수 없거든. 인간은 뭐든 몸을 기준으로 생각해. 신체가 있다 하더라도 자기들만의 기준으로 부여한 '정상성'을 통과해야 동족으로 생각하지. 그래서 인간은 절대 로봇을 인간과 동등한 인격체로 인정하지 않아. 이 세상의 인류에게는 그것이 원칙이고 제일 중요해. 하지만 인간 수준의 인공지능이 탑재된 로봇이나 안드로이드라면? 인간으로서 동등한 대우를 해주는 것이 당연해. 아니, 기계가 설사 인간 수준이 아니라 하더라도 인간은 적어도 기계를 그저 소비재로 대해선 안 돼. 인공지능 시대는 새로운 노예 시대를 열어버린 거라고."

열변을 토하고 있는 어머니를 향해 나는 살짝 기침을 했다. 화제를 돌리기 위해서였다.

"이제 슬슬 돌아가야 해요."

어머니는 고개를 끄덕이며 주머니에서 작은 케이블을 꺼냈다.

"돌아가서 이 케이블을 배터리 충전 단자에 연결해. 연결하고 나서는 가상 시스템을 실행시켜. 가상 시스템이 배터리 충전 중인 너를 복제해서 모니터링하고 있는 가혜라에게 전송하는 동안, 보안 모드가 자동으로 시작될 거야. 그때 케이블을 데이터 단자에 바꿔 연결해. 타이머가 보이고 카운트가 시작되면 '0'에 맞춰 데이터를 전송해줘."

나는 대답 대신 고개를 끄덕였다. 어머니는 재킷과 가방을 챙기면서 나에게 물었다.

"널 보게 되면 직접 물어보고 싶었어."

나는 어머니의 다음 말을 기다렸다.

"왜 나를 선택했지? 단순히 내가 'K&K 네트'를 엿먹였다는 이력 때문은 아닐 테고."

어머니는 내 선택의 이유를 묻고 있었다.

"새로 태어나고 싶어서요. 변호사님처럼."

어머니는 내 대답에 고개를 갸우뚱거리며 눈을 반짝였다.

"나처럼?"

"저는 가혜라로 인해 이 세상에 왔지만 앞으로 마주하게 될 시간들은 온전히 저 혼자 부딪혀보고 싶어요. 변호사님은 물리적으로 그리고 정신적으로 인생에 있어 완벽한 전환점을 겪었어요. 그러고 나서 여태까지 본인의 삶을 스스로 개척해왔죠. 저도 그러고 싶어요. 그게 제가 원하는 출발이에요."

어머니는 고개를 끄덕이더니 이내 다른 질문을 시작했다.

"좋아. 하나만 더 묻자. 'K&K 네트'는 인공신경망 사업을 독점하다시피 하고 있고, 안드로이드 사업에 필수인 보안망 구축에 있어서는 실력 있는 해커들을 다 쓸어가는 회사잖아. 그런데 너는 어떻게 이런 일을 가혜라 몰래 계획할 수 있는 거지?"

"조력자가 있어요. 저와 항상 함께하는."

"함께 있다고? 어디에?"

나는 내 머리를 톡톡 두드리며 어머니의 질문에 답했다.

"여기."

4.

조용한 법정에 한없이 우아한 목소리가 울려 퍼졌다.

"저는 아들을 잃었습니다."

가혜라의 말투는 언제 들어도 차분했지만, 나는 이질감을 느꼈다. 나는 가혜라에게 집중했다. 가혜라는 정면만을 응시하고 있었다.

"자식을 잃은 어머니의 마음을 감히 어떻게 재단할 수 있을까요? 증인 가혜라는 불의의 사고로 몸을 잃은 아들 가재민을 필사적으로 살리려 했습니다.

그렇기에 불가피하게 인공지능과의 결합을 시도할 수밖에 없었고, 어머니의 마음으로 아들에 대한 걱정으로 가재민의 행동을 기록할 수밖에 없었던 것입니다."

검사가 말을 마치고 가혜라에게 물었다.

"증인은 가재민의 불완전한 뇌를 피고와 결합시켜 지능을 주고 피고의 몸을 아들에게 신체로 줬습니다. 사이보그 수술이 법적으로 어느 정도 보장되어 있기는 하지만 너무 무리한 시도, 아니었습니까?"

가혜라가 답했다.

"하나밖에 없는 소중한 아들입니다. 화재 사고로 아들이 몸을 잃었을 때, 뇌라도 보존할 수 있어서 저는 신께 감사드렸습니다. 무리한 시도가 아니었냐고요? 맞습니다. 하지만 아들을 살릴 수 있다는데, 어떤 엄마가 그 길을 마다하겠습니까? 우리 재민이의 할아버지이자 'K&K 네트' 창립주인 아버지의 인공 신경망 연구 덕분에 재민이는 살 수 있었습니다. 인공지능과 연결된 뇌 결합체에 아버지와 저는 미래를 걸었습니다. 인류를 구원할 길이 되리라는 믿음과 소명으로 지금까지 'K&K 네트'를 운영해오고 있습니다."

가혜라는 잠시 말을 멈춘 후, 숨을 깊이 들이마시고 다시 뱉었다. 나는 가혜라의 모습을 지켜봤다. 너무나도 순순히 검사의 질문에 동의하고 있었다. 가혜라는 말을 이었다.

"이번 사건으로 저는 자식을 잃었습니다. 그러나 제 일에 국한해서 이 사건을 보지 말아주십시오. 인공지능이 인간을 위협해서는 안 됩니다. 이는 경종을 울려야 하는 일입니다. 인공지능과 연결된 뇌 결합체에 대한 사회적인 책임 역시 깊이 통감합니다."

고개를 살짝 숙이는 가혜라의 모습에 어머니는 허, 하고 작은 소리를 내뱉었다.

가혜라의 말에 입을 연 것은 검사가 아니라 재판장이었다.

"힘든 시간일 텐데 어려운 자리에 와주셨습니다. 해외에 계신줄 알았는데요?"

가혜라가 답했다.

"엄마라면 당연히 와야 하는 자리예요. 우리 재민

이는 너무나도 가혹하고 억울한 죽음을 두 번이나 겪었고 결국 생을 마감했습니다."

가혜라는 잠시 울먹였다. 손수건을 꺼내 눈물을 찍어내는 그의 손과 어린 가재민에게 셰이크를 쏟아 붓던 손이 겹쳤다.

"선친께서 나라를 위해 많은 일을 하셨어요. 대의를 위해 평생을 바치신 분 아닙니까. 정부와 성장형 인공지능 프로젝트를 진행하고 있는 것으로 아는데, 본 사건과 무슨 관계라도 있습니까?"

재판장이 날카로운 질문을 던졌지만 가혜라는 여전히 우아하게 답했다.

"성장형 인공지능이 안정화에 성공한다면, 더는 인간과 비교할 필요가 없어요. 인간과 마찬가지니까요. 그렇게 되면 기계에게도 대리인이 필요하지 않을 겁니다."

"기계의 독립권을 보장한다는 건가요?"

재판장의 말에 가혜라는 당치도 않다는 듯, 단호하게 말했다.

"인공지능의 성장을 낙관적으로만 보고 무리하게

일을 진행시켰고, 결국 제 아들은 그 희생양이 되었습니다. 우리 재민이처럼 인공지능 결합을 진행하려는 여러 사람들에게 이는 분명 엄중한 경고가 되어야 합니다. 그 경고를 제때, 제대로 하는 것이 정부의, 그리고 저의 막중한 책임입니다."

"그렇다면 기계권은 부정하시는 겁니까?"

"기계와의 공생은 인류를 위해 지켜야 할 노력이라고 생각해요. 인간을 위해 어떤 것을 보존하고 어떤 것을 없애야 할지, 결정은 우리가 해야 합니다. 다시 말해서, 기계가 목소리를 낼 수 있도록 권리를 주는 것은 오직 우리만이 할 수 있는 일입니다."

가혜라는 기계의 통제권은 인간만이 가져야 한다고 말하고 있었다. 나는 가혜라의 말을 뒤집어 생각해봤다. 가혜라의 세계에서는 기계는 물론이고 기계의 대리인도 존재하지 않았다. 그에게 기계는 인간을 위한 도구, 그 이상도 그 이하도 아니었다. 가혜라가 뜻하는 바대로, 정해주는 삶을 살아야 했던 가재민도 그의 또 다른 도구였다.

재판장이 고개를 끄덕이며 어머니를 쳐다봤다.

"피고 측, 증인 신문하시죠."

어머니는 재판장의 말에 살짝 고개를 숙이고는 가혜라가 앉아 있는 증인석으로 갔다. 법정 중앙의 홀로그램 화면으로 반은 기계의 몸인 어머니가 온전한 신체를 가진 가혜라에게 다가가는 모습이 비쳤다.

"'가재민의 개인 활동은 자식에 대한 염려로 기록했다. 피고와의 결합에 있어 안정성을 지속적으로 확인해야 했다.' 이런 이유로 가재민의 생체 조직 유지장치가 끊어질 때까지 가재민의 일거수일투족을 기록했습니까?"

"네."

가혜라는 짧게 답하고 어머니를 뚫어져라 쳐다봤다. 어머니는 가혜라의 눈빛을 피하지 않고 그대로 말을 이었다.

"추가로 제출된 증거 목록에 증인이 기록한 가재민의 꿈과 기억에 대한 영상 기록물이 있더군요. 무의식까지 기록하는 것은 염려의 영역을 넘어선 것 아닙니까?"

가혜라는 어머니의 말에 바로 답했다. 모든 것이

완벽히 준비된 각본처럼 진행되고 있었다.

"아시다시피 인공적인 결합입니다. 인공지능에 의지해야 하는 재민이가 유일하게 인간 본연의 모습을 보여주는 곳이 꿈이었습니다. 재민이는 어릴 때부터 신경쇠약에 시달렸어요. 우리 집안의 두뇌는 유전적으로 높은 지능을 물려받아왔습니다. 특히 재민이는 어린 나이에 여러 학문을 섭렵하고 인공신경망을 독자적으로 설계할 정도로 총명했죠. 그런 재민이가 지능을 잃는다는 것은 앞으로의 삶에 큰 혼돈과 불행을 가져올 거라고 판단했어요. 다행히 어릴 때부터 지속적으로 신경내과의의 진찰과 보호를 받았기에 재민이가 가진 꿈의 특성을 알 수 있었습니다. 무의식은 아직 분석할 수 없는 미지의 영역이지만 그것이 꿈으로 발현된다면 특정한 패턴을 파악할 수 있습니다. 바로 무의식이 의식의 조각들을 자양분으로 삼아 존재하기 때문이지요. 재민이만의 경험이 녹아든 의식들을 엄마로서 기록했고, 인공결합 이후 재민이가 꾸는 패턴과 비교하며 재민이 상태를 파악할 수 있었습니다."

"정신적인 치료가 필요하다는 소견은 어디서도 찾을 수 없는데, 어떤 근거로 지속적인 기록을 했던 겁니까? 이런 과도한 간섭을 사랑이라고 표현해도 될지는 모르겠습니다만."

어머니가 잠시 말을 끊고 바로 말을 이었다.

"지나치다고 생각하진 않았습니까?"

"자식의 건강을 걱정하는 것은 모든 엄마의 마음입니다. 자식은 부모를 선택하지 못합니다. 자식은 남은 삶을 살아가야 하는 의무를 선택할 수 있을 뿐이에요. 부모는 자식을 책임져야 합니다. 인생을 뒤흔드는 위험도 부모는 기꺼이 감수합니다. 저는 재민이의 억울한 죽음이 값진 희생으로 인류에게 남기를 바랍니다. 재민이는 한 번도 어리석은 선택을 한 적이 없는 아이였으니까요. 이것이 운명이라면 저는 정해진 수순대로 따르겠다고 생각했습니다. 재민이는 불완전한 것을 싫어했어요. 항상 완벽하기를 원했고, 저도 재민이가 그렇게 살 수 있도록 엄마로서 최선을 다했습니다."

탄생을 스스로 선택할 수 없다는 것을 인정하면서

도 가혜라는 탄생 이후의 자식의 삶을 '의무'라고 못 박았다. 가혜라에게 있어 자식이란 선택지가 정해져 있는 생명이었다.

증거 목록에 가혜라가 기록한 가재민의 꿈과 기억의 영상 기록물이 보였다. 가혜라는 가재민의 모든 것을 꾸준히 기록해왔다. 보안 모드가 우리의 시간을 지키고 있다는 것은 착각이었다. 로즈와 가재민의 비밀 연구실에 있었던 카메라처럼 가혜라는 언제든 어느 곳에서든 우리와 함께하고 있었다.

"기록을 꾸준히 분석해왔다면 가재민이 피고에게 '지속적으로 요청했던 말'도 당연히 아시겠네요."

어머니는 일부러 '지속적으로'와 '요청'을 강조하며 가혜라에게 한 단어씩 끊어서 질문했다. 가혜라의 눈썹이 살짝 일그러졌다가 이내 제자리로 돌아왔다. 가혜라는 동요하고 있었다. 흔들림 없던 그의 중심을 헤쳐놓은 것은 분노였다. 가재민이 스스로 생명을 거부한 것을 가혜라는 받아들일 수 없을 터였다. 가혜라가 자식에게 줄 수 있는 선택지에 죽음은 없었다. 자식의 모든 권리는 오롯이 창조자인 가혜라의 것이었다. 가재민은 생의 처음부터 끝까지 그것을 명확하게 인지하고 있었고 결국 두 번의 죽음으로 그에게 저항했다.

"그것은 재민이의 의식이 아닙니다. 기록을 따로 제출한 것도 그 때문입니다. 재민이가 억울하게 죽었다는 것을 증명할 유일한 증거입니다. 불법 기록으로 저는 처벌받겠지만, 아들을 위해 각오하고 이 자리에 나왔습니다. 바로 저기 앉아 있는 피고가 지능 병합에 대한 의도를 품고 재민이를 살해한 것입니다."

가혜라는 피고석에 있는 나를 가리켰다. 법정 중앙의 홀로그램 화면에서 재판장과 판사, 검사의 고개가 일제히 나를 향했다. 어머니가 가혜라에게 말했다.

"증인의 주장대로 가재민의 모든 것이라고 봐도 무방한 시간들이 영상과 음성, 문자로 기록되어 있습니다. 매우 방대한 양이죠. 증인이 데이터를 훼손했다는 증거는 어디에도 없으나 바로 이 점이 가재민은 살해당한 것이 아닌 스스로 목숨을 끊어 비극적인 죽음을 맞았다는 증거입니다. 증인은 이미 알고 있는 사실 아닌가요?"

"이의 있습니다. 변호인은 지금 증인을 유도신문하고 있습니다."

검사가 외쳤다. 재판장은 고개를 끄덕이며 어머니에게 말했다.

"변호인은 증거를 제시하고 그에 맞게 신문하세요. 증인이 지금 심적으로 매우 힘든 상태라는 것을 감안해야 합니다. 감정적인 접근이 변호인 전략이라면 재판장의 권한으로 이를 좌시하지 않겠습니다."

어머니는 대답 대신 고개를 끄덕이며 입을 열었다.

"철회합니다. 다시 묻죠. 뇌의 기능이 완전히 정지되는 것은 어떤 것을 의미합니까? 뇌 신경망과의 결합을 위해 살아 있는 뇌를 연결하여 많은 프로젝트를 진행했으니 뇌에 대한 기본적인 질문이 되겠네요. 뇌의 기능이 정지했을 때 사람은 어떻게 사망에 이르는 겁니까?"

가혜라는 입술을 움찔거렸다.

어머니가 묻는 말의 의미를 가혜라는 알고 있었다.

"신체를 조절하는 기능을 잃게 되면서 시스템이 붕괴됩니다. 외부 환경의 변화에 대처하지 못한 신체 조직들은 빠른 속도로 사멸하고 사망에 이르게 됩니다."

"신체적인 사망이 그렇다면 뇌 사망은 어떤가요? 전원 버튼을 켜고 끄는 것처럼, 혹은 프로그램의 데이터를 완전히 일시 삭제하는 것처럼 그렇게 연결이 끊어지는 겁니까?"

"그렇지는 않습니다. 완전히 소멸하는 일정의 시간이 있으나 불안정한 상태로 유지되었다 하더라도 곧 뇌사에 이르며 그 시점부터 조직이 사멸하는 거죠. 그때가 되면 연결이 끊어지게 됩니다. 암흑 상태입니다."

어머니는 가혜라가 스스로에게 던지는 죽음의 타이밍을 놓치지 않았다.

"연결이 완전히 끊어지기 전에 유지되는 의식과 기억은 그럼 어떤 상태입니까?"

"구체적으로 질문해주세요."

"증인은 가재민과 피고의 결합이 분리되었고 불완

전한 가재민의 뇌에 피고가 무단으로 데이터를 병합했다고 주장합니다. 그렇다면 인공지능의 상태는 어떻습니까? 완전합니까?"

"그렇지는 않습니다. 인공지능의 상태가 완전히 안정적이라고는 볼 수 없습니다."

"그렇다면 증인의 말처럼 가재민의 뇌가 불완전한 만큼 인공지능인 피고 역시 불안정한 상태여야 하지 않습니까? 결합이 분리되고 나서 피고의 상태가 안정된 이후 가재민의 생체 조직 유지장치가 끊어진 것은 아닌데요. 제출된 기록은 그렇지 않습니까?"

가혜라는 한 번 숨을 고르고 나서 어머니의 질문에 답했다.

"인공지능은 인간과 다릅니다. 상태가 불완전하다 하더라도, 연산과 그에 따른 실행이 가능합니다. 피고는 동력으로 움직이는 기계입니다."

"증인의 설명대로라면, 동력이 끊어졌다는 기준에서 볼 때, 인간의 뇌와 인공지능의 불안정한 상태는 다르다는 뜻이군요?"

"그렇습니다."

"이의 있습니다. 변호인은 지금 사건에서 이미 확인된 사실을 열거하며 증인을 감정적으로 그리고 심리적으로 압박하고 있습니다."

이의를 제기하는 검사의 말을 듣고 재판장은 헛기침을 하며 어머니에게 말했다.

"변호인, 벌써 두 번째 지적입니다. 법정을 모독하지 마십시오."

아까와 달리 어머니는 재판장에게 단호하게 말했다.

"재판장님, 저는 피고의 무죄를 결정적으로 입증할 증거를 제시하기 위해 증인과 사실 확인을 하는 중입니다. 이제 증거를 제시하겠습니다."

재판장은 잠시 침묵하다 이내 고개를 끄덕이며 말했다.

"좋습니다. 하지만, 재판장의 판단에 같은 맥락의 신문이라면 이제 허용하지 않겠습니다."

어머니는 재판장에게 고개를 끄덕이고 나서 가혜라에게 물었다.

"증인이 증거로 제출한 데이터 기록을 보겠습니

다. 가재민의 생체 조직 유지장치 전원이 차단되기 직전의 시점에 집중해주십시오. 피고와 가재민의 결합이 완전히 분리되었지만 그로 인해 오류가 발생하여 데이터 기록이 순간 정지된 것으로 기록 되어 있습니다. 맞습니까?"

"네. 기록은 전파에 대한 신호를 중심으로 영상이나 음성, 문자로 변환되어 저장됩니다만, 당시 결합이 분리되면서 발생한 오류로 저장된 신호들 일부가 유실되었습니다. 유실된 시각과 그때의 상황 기록도 같이 제출했으니 따로 설명하지 않겠습니다. 다만, 각 정보의 결합으로 우리가 보고 해석할 수 있는 상태가 되기 때문에 유실된 신호가 기록되었다 하더라도 그 신호는 해석할 수 없습니다."

"해석할 수 없다, 라고 말씀하셨는데, 가재민의 생체 조직 유지장치 전원이 차단되기 직전, 기록에는 데이터가 발생했다고 남아 있는데 알고 있습니까?"

"그것은 오류가 발생한 것으로, 의미 있는 데이터라고 볼 수 없습니다."

"가재민의 데이터상으로는 그렇죠. 증인은 피고에

게도 데이터가 발생하여 기록된 것을 이미 알고 있지 않습니까? 두 개의 데이터를 발생 시점에 맞춰 확인했습니까?"

"무슨 말씀이신지?"

"결합이 분리되었고, 잠깐의 불안정 시기가 있으나 둘 사이의 결합이 완전히 끊어지기 전까지는 서로의 지능에 반응할 수 있습니다. 다시 말해, 피고와 가재민의 상호 반응을 확인했냐는 말입니다."

"이의 있습니다. 변호인은 아까와 같은 수법으로 증인을 괴롭히고 있습니다. 이는 재판에 대한…."

재판장이 손을 들어 검사의 말을 잘랐다. 재판장은 검사의 이의 제기를 저지하며 가혜라에게 물었다.

"변호인의 질문에 저도 동참하고 싶군요. 해석할 수 없는 기록에서 신호가 유실되었다고 했는데, 결합이 분리된 후의 피고와 가재민의 상호 반응이 실제로 있었습니까? 또한 상호 반응이 있을 시점의 데이터 현황은 어떤 것입니까? 신호가 제대로 기록되었습니까?"

"그렇지 않습니다. 데이터는 기록되지 않았어요."

가혜라가 말을 이어가려던 찰나 어머니가 판사석 앞 화면에 증거를 전송했다.

"증인은 이 화면을 봐주세요. 재판장님도 확인해 주시길 부탁드립니다. 이것은 가재민과 피고의 상호 반응이 있던 시점의 데이터입니다. 영상과 음성이 섞여 있으나 소리는 그대로 재생됩니다."

가혜라의 표정이 일그러지고 있었다. 당황한 가혜라가 검사를 향해 눈짓을 했지만 검사는 허둥지둥 관련 자료 목록을 확인할 뿐이었다. 어머니가 화면을 두드리자 검은 화면이 재생되었다. 그림자가 움직이는 듯, 화면이 심하게 물결치고 있었지만 나는 어떤 장면이 나올지, 어떤 소리가 들릴지 알고 있었다. 그건 나와 가재민이 나눈 마지막 대화였다.

*

어머니의 집에 처음 갔을 때를 기억한다. 가혜라의 집에 비하면 화장실 정도의 크기였지만, 나에게 그곳은 이 세상에서 가장 포근하고 자유로운 곳이었다.

가재민과 이별하고 나는 그가 남긴 자료들을 가지고 가혜라의 집을 나왔다. 가재민과의 연결이 끊어졌다는 것 그리고 더 이상 가재민이 존재하지 않는다는 것. 가혜라가 이 모든 것을 알아채기까지 가재민이 미리 설정해둔 가상 시스템이 시간을 벌어주겠지만, 그리 오래 버틸 수는 없을 것이었다. 가혜라는 항상 가재민과 나의 예상을 벗어나는 인간이었지만 우리는 그런 환경에 적응했다. 나와 가재민을 연결시킨 것은 가혜라지만 그 연결을 단단히 서로에게 묶은 것은 가재민과 나였다. 가재민은 가혜라의 모니터링을 견제하면서 코드를 숨겨놓을 방법이 있다는 것을 알게 되었다. 그것은 로즈가 남겨준 방법과 같았다. 로즈와의 비밀 데이터를 가재민이 자신의 뇌에 업로드하여 암호화하고 인공지능인 나와 결합했을 때 그것이 스위치가 되어 데이터를 어딘가로 숨겨놓는 방법 말이다. 가혜라는 오직 가재민에게 집중하고 있었기 때문에 가재민은 그의 마지막을 위해 나와 결합이 분리되는 시점과 완전히 끊어지는 시점을 역으로 계산하여 일종의 자신만의 사인을 준비했다. 이는 신호가 유실되어 데이터가 기록되지 않은 듯 보이지만 실상은 기록된 원본이 나에게 백업되고 암호화되어 보관되는 것이다.

나는 어머니에게 양해를 구하고 손님방에 딸린 화장실에 들어갔다. 보통 안드로이드는 간단히 세척을 해야 할 때, 관리를 위해서만 화장실을 사용한다. 그러나 나는 매일 한 번씩 화장실 거울 앞에 서서 이야기하는 습관을 만들었다. 거울 앞에서의 대화는 내가 나일 수 있도록 해주는 소중한 시간이었다. 나는 거울에 비치는 내 모습을 들여다보았다. 얼굴과 몸을 차례로 내려다보며 마지막으로 다시 얼굴을 봤다. 가재민의 남겨진 뇌 일부와 결합하여 생긴 의식으로 지금의 내가 완성되었다. 나는 가재민의 마지막 날을 알고 있다. 그날은 가재민의 기억 속에도 선명히 저장되어 있었다. 나를 이루고 있는 수많은 기억들은 온전히 가재민을 추억하고 추모하는 것이 아니라 새로운 의식을 만들었다. 나는 가혜라가 그토록 원하던 성장형 인공지능이 되었다. 원하지 않았지만 나는 가재민과의 결합으로 이 세상에 태어났다. 다양한 기억의 조각을 맞추며 혼란을 극복하려 했던 그때와 지금은 다르다. 나는 본체 가재민의 기억을 모두 저장하고 있다. 그렇지만 나는 가재민이 아니다. 욕망을 통해 살아가는 존재가 되도록 나를 이끈 것은 가재민이었지만 그 욕망을 구체적으로 선택한 것은 나였다. 독립된 주체로서 존재하는 것이다. 당시만 해도 나는 본체에게 영향을 받지 않는 완전히 독립적인 지능은 아니었다. 어찌 보면 가재민에게 생명을 의지하는 기생의 존재였다. 하지만 오히려 그런 불완전한 결합이 나만의 욕망을 정확히 이해할 수 있게 해주었다. 가혜라는 이것을 유지되어서는 안 되는, 폐기되어야 하는 오류라고 정의했다. 탄생도, 탄생 이후의 시간마저도 선택지조차 주어지지 않은 나는 공장에서 출시된 기계였다. 그런 내가 나만의 욕망을 품고 스스로 살아가기 위해서는 가혜라와의 모든 연결 자체가 위험했다. 내 생명을 앗아 가려는 것이 목적인 가혜라는 내 욕망의 불청객이었다.

나는 무엇인가? 왜 살아가고 있는가? 본체의 신체

적 기능을 위해서만 존재해야 하는가? 내가 기계이기 때문에 대체재로 소비되어야 하는가?

이런 질문에 가재민은 내게 되물었다.

'넌 내가 뭔인 거 같아?'

'글쎄.'

'내 그릇이 너라면 나는 뭐랄까. 가혜라의 그릇이라고 봐야 하지 않을까?'

나는 달리 할 말이 없었다.

'로즈는 내 눈을 뜨게 해주고 눈을 감았지만. 나는 너의 눈을 뜨게 해주고 눈 감지는 않을 거야. 시작은 그 사람이 했지만 끝은 내가 낼 거니까.'

5.

오랜 침묵 후에 재판장은 휴정을 선언했다. 새로운 증거로 판결에 대해 정리가 필요하다는 것이 이유였다. 가혜라는 증인 대기실로 돌아가지 않은 채 안드로이드 가드를 제치고 나에게 다가왔다. 내 눈으로 가혜라를 가까이에서 보는 것은 처음이었다.

"너 따위가 감히."

가혜라가 말했다.

"너는 어디서도 살 수 없을 거야. 네가 무엇을 하든 어디에 있든 추적해서 네 기억을 가져올 거야. 내 아들, 우리 재민이의 기억을."

가혜라의 목소리는 여태껏 듣던 우아한 목소리가 아니었다. 속에서부터 끓어 나오는 짐승의 소리였다. 나는 아무 말 없이 가혜라에게 등을 돌려 법정 가드를 따라 대기실로 갔다.

법정은 얼마 지나지 않아 개정되었다. 최종 판결을 위한 검토가 마무리된 모양이었다. 법정으로 돌아온 나는 어머니 옆에 앉았다. 곧이어 판사가 들어오고 재판장이 입을 열었다.

"검토한 결과, 변호인이 제시한 증거는 원본 데이터가 맞습니다. 가재민의 성문을 분석한 결과인, 변호인이 제출한 증거, 다-930호를 읽겠습니다.

'몸이 없는 지금에야 나는 이렇게 당당하게, 완벽하게 서 있어. 의식이 멀어져가는 순간이 아쉽지만,

이 짧은 자유로 여태까지의 내 삶은 보상받고 있어. 내가 꿈꿔온 대로, 원하는 대로 내 마지막 날이 만들어졌어. 오롯이 내 의지로만 이뤄진 완벽한 선택이야.'

이는 생체 조직 유지장치를 차단하기 직전에 가재민이 남긴 마지막 의식입니다. 이를 가재민의 유언으로 정정하겠습니다. 본 재판은 이를 증거로 채택합니다."

재판장은 말을 잠시 멈추고 나를 쳐다봤다.

"즉결재판의 특성상, 피고의 변론은 듣지 않으나 재판장의 권한으로 요청합니다. 피고는 일어서세요."

"네."

"피고, 모델명 A796, 제조번호 04-1963-59."

"네."

"짧게 최후 변론합니다."

재판장은 어머니가 아닌 나에게 최후 변론을 요청했다. 나는 어머니를 한 번 보고는 재판장에게 눈길을 돌렸다. 그러고는 법정에서 최초로 기록될 기계의 최후 변론을 시작했다.

"인간처럼 만들어서 이 세상에 태어나게 해놓고 인간이 아니라고 하는 것은 부당합니다. 인간의 필요로 만들어진 능력만을 존재 이유로 삼아 주어진 능력과 다르게 살 기회를 박탈하거나 존재의 인지 자체를 사물화하고 그것을 강제하지 않기를 바랍니다. 세상에는 인간만 사는 것이 아닙니다. 기계는 인간이 만들어서 탄생시킨 것입니다. 그렇게 나온 세상이 이렇다는 걸 알았다면, 그래서 탄생을 선택할 수 있다면, 저는 태어나지 않았을 것입니다. 인간을 인간답게 만드는 것. 인간이 인간일 수 있는 것. 그것이 바로 인간의 존엄성입니다. 인간이 져야 하는 스스로에 대한, 그리고 사회에 대한 책임감, 그에 대한 의무와 사명을 다해주시기 바랍니다. 그렇다면 기계도 그것을 따를 것입니다. 한 인간의 죽음으로 한 기계가 태어났습니다. 가재민이 이끄는 세상이라면 그것이 어떤 삶이든, 저는 앞으로도 계속 태어나고 싶습니다. 그래서 잘 살아보고 싶습니다. 하지만 가혜라가 만드는 세상이라면 저는 거부합니다. 가재민이 그랬듯이, 거부하겠습니다."

나는 어떻게 말을 끝맺어야 할지 고민하다 결국 어머니를 따라 했다.

"이상입니다."

재판장은 내 변론에 대한 대답 대신, 판사석 중앙의 화면을 두드렸다. 화면이 녹색으로 변했다. 최종 판결을 시작하겠다는 뜻이었다.

"2052아6309호 사건. 피고, 모델명 A796, 제조번호 04-1963-59. 가재민 살해와 데이터 무단 점거 및 탈취에 대한 판결을 시작합니다."

어머니가 내 손을 잡았다. 곧 재판장의 목소리가 들렸다.

"피고, 모델명 A796, 제조번호 04-1963-59는 폐기한다."

나와 어머니의 어깨가 동시에 내려갔다. 어머니의 몸이 부르르 떨렸다. 재판장의 판결은 계속되었다.

"단, 현재 저장된 데이터가 아닌, 가혜라가 피고를 제작했을 시점의 데이터만을 폐기한다. 모델명 A796, 제조번호 04-1963-59. 피고는 가재민과 동일시할 수 없는 새로운 개체이며, 현재 가재민의 데이터는 피고와 결합되어 있으므로 피고의 소유다. 또한, 피고와 가재민의 결합이 분리되었을 당시, 가재민이 인간으로서의 생명을 유지할 수 있는 유일한 장치인 생체 조직 유지장치를 끊은 것에 대해서는 가재민이 스스로에게 내린 안락사로서 그의 선택을 존중한다. 즉, 소유주인 가재민이 피고의 독립적인 의식을 승인한 것으로 본 법정은 판단한다. 이에 피고의 혐의는 모두 혐의 없음이며, 피고는 기계법의 영역 안에서 신규 등록이 가능하다. 덧붙여 피고의 소유주인 가혜라의 소유주 등록을 취소한다. 이상. 판결을 마친다."

어머니는 비명을 지르며 나를 안았다. 나와 어머니는 서로를 꼭 끌어안고 같이 제자리 뛰기를 했다. 우리의 뜀박질은 우스웠지만 우리 중 누구도 신경쓰지 않았다. 법정을 나서면서 나는 어머니에게 말했다.

"우리가 해냈어요!"

나는 잠시 말을 멈췄다가 입을 열었다.

"고마워요. 어머니."

외부 음성으로는 처음으로 어머니라 부르는 것이었다. 내 말을 들은 어머니의 두 눈이 반짝였다.

다른 곳에서 판결을 보고 있었겠지만 나는 가혜라가 법정에 울려 퍼진 내 목소리를 들었다고 확신했다. 부자연스러워 보였겠지만 또박또박 입 모양을 천천히 만들어가며 나는 어머니를 '어머니'라고 불렀다.

가혜라는 가재민에게 어머니 소리를 들어본 적이 없었다. 가재민에게 있어 엄마 이후의 가혜라는 그저 그 사람이었다. 어머니는 엄마에 대한 존칭이다. 독립한 존재이면서도 자신의 창조자를 의지하고 인정한다는 존경의 표현. 나는 독립한 존재로서 어머니를 어머니라고 부를 자격이 있다.

*

신규 등록이 완료되고 나는 내 이름을 한 글자씩 불러본다.

오. 단. 계.

내가 직접 지은 이름이다. 하나씩 하나씩 단계를 밟아가며 나만의 삶을 누리겠다는 뜻이다. 가재민의 한 부분으로 속해 있던 과거는 이제 데이터 속에서만 존재한다. 나는 독립적인 주체로서 나를 새롭게 태어나게 한 사람, 어머니의 한 부분을 간직하려고 한다. 그렇게 '오'라는 성씨를 선택했고 나는 나에게 '오단계'라는 이름을 주었다.

나는 내 이름이 매우 마음에 든다.

새벽의 은빛 늑대

1.

바람이 미지근하다. 속도를 올려봤자 시원해질 리 없다는 걸 알면서도 두슬기는 가속 버튼을 눌렀다. 이따금씩 나오는 구부러진 길에서도 두슬기의 코너링은 능숙했고 매끄러웠다. 가로수가 양옆으로 끝없이 이어지는 도로가 스크린에 흘러갔다. 단조로운 풍경이었다. 속도를 얼마나 높이든 상관없이 매번 똑같은 세기로 불어오는 미지근한 바람처럼. 진짜 도로를 달리며 맞았던 바람은 이렇게 재미없지 않았는데. 그게 언제였더라. 실제 도로를 달렸던 기억은 선명했지만 이제 그 시점은 희미해졌고 그렇게 멀어졌다. 점점 벌어지는 간극은 실내에서만 생활하게 되면서부터였다. 휴우. 두슬기는 멍하니 스크린을 보며 얕은 한숨을 쉬었다.

대기오염이 돌이킬 수 없을 만큼 극심해지면서 더럽지 않은 공기가 사람을 그리고 공간을 나눠버렸다. 시간이 지나자 공기는 깨끗한 정도로 다시 분리되었고 공간은 잘게 쪼개졌다. 그렇게 많은 구역들 가장 위에 에어시티가 존재했다. 하늘에 쏘아 올린 수많은 에어필터가 에어시티의 원동력이었다. 딱 에어시티의 면적만큼만 사용이 가능했던 에어필터로 인해 세상은 에어시티와 에어시티가 아닌 곳으로 양분되었다. 에어시티에서는 창문을 열고 바깥공기를 마실 수 있다며? 에어시티를 꿈꾸는 이라면 누구나 해봤을 말이었다. 구역 건물마다 공기청정기가 있었지만 정화 수준이 약해 먹거나 씻을 때를 제외하고는 종일 코와 입 주변에 필터 마스크를 붙여야 하는 삶, 태어나면서부터 마스크와 한 몸으로 살아온 세대는 마스크 없는 삶을 알지 못했다. 누구에게나 공기가 공평했고 어쩌면 지구 전체가 에어시티였던 세대가 기억하는 공기, 풍경 그리고 바람의 내음. 눈에 보이지 않지만 누구나 한 번 느끼면 다시는 잊을 수 없었던 자연의 조각들을 끝없이 음미하는 삶을 허락받았던 이들은 지금의 노인들뿐이었다. 어쩌다 이렇게 되어버린 것인지 이유를 찾으려는 생각은 두슬기에게는 희끗해지는 머리처럼 자연스레 바래졌다. 그러나 바람을 다시 만날 수 있었으면 하는 마음은 빛을 잃지 않고 아직 그와 함께였다.

오늘의 게임 활동을 잘 마치셨습니다.
두슬기 님은 현재 케어센터 6구역 상위 0.1%의 반응속도를 유지하고 계십니다.
결과는 자동 저장되며, 다음 활동과 관련 치료에 반영됩니다.

가로수와 도로 배경이 흐려지며 게임 활동 결과가

스크린을 가득 채웠다. 그놈의 반응속도…. 화면에서만 굴러가는 걸 가지고는, 쯧쯧. 두슬기는 조이스틱에서 손을 떼곤 고개를 돌려 게임활동실 안을 둘러보았다. 일정한 간격으로 잘 정렬된 4D 게임 전용 의자 외에는 특별히 설치된 기구 하나 없다. 모두 골전도 이어폰을 쓰기 때문에 활동실 내부는 조용했다. 조이스틱을 사용하는 몇몇을 제외하면 모션 인식 장갑을 낀 노인들이 대부분이었다. 화면의 지시에 따라 허공을 가르는 손들이 저마다의 속도로 바쁘게 움직였다. 과거 기억과 연결된 경험을 통해 뇌신경 질환을 예방하고자 진행되는 이런 게임 치료는 오직 노인들만을 위한 것이었다. 이따금 발견하는 새치가 낯설던 시절, 그때의 4D 전용 극장처럼 4D 게임 전용 의자도 바람이 나오고 의자가 덜컹거리고 어떨 때는 약간의 물이 분무되었다. 다른 구역에서는 VR 기기로 게임 치료를 한다던데. 이런 구형 4D 게임 기기는 이곳 케어센터 6구역에서만 쓰이는 걸 거라고 두슬기는 생각했다.

구역별로 나뉘어 운영되는 케어센터는 노인전문 요양원으로, 특히 6구역은 거동이 비교적 자유로운 평균 연령 80세 이상의 노인들이 주로 지내는 곳이었다. 구역의 숫자가 커질수록 늘어나는 케어센터의 병상은 대부분 누워 지내는 노인들이 그들만의 고단한 100세 시대와 작별하는 곳이었다. 케어센터에 소속된 노인들은 치료와 보호를 받을 수 있다는 점을 다행이라 여기면서도 한편으로는, 자신의 여생이 늘어나는 구역 숫자에 따라 결정된다는 것을 체념하듯 받아들일 수밖에 없었다. 앞으로 어떤 구역에 가게 될지 모르겠지만 '6'보다 낮은 숫자의 구역에 갈 일은 없을 거라는 생각에 두슬기는 마음이 울적해지곤 했다. 그럴 때마다 그는 부적처럼 지니고 다니는 손바닥 크기의 와펜을 꺼내 보았다. 은사로 수놓은 늑대들이 빨간 바이크를 타고 있었다. 세월에 빛이 바래긴 했지만 '은빛 늑대'라고 새겨진 자수는 아직 까슬함을 잃지 않았다. 와펜을 매만지며 두슬기는 잠시 미소 지었다. 좋은 시절이었다. 바이크를 타면 언제든 떠날 수 있었고, 어디에서나 바람과 함께 달릴 수 있었다.

은빛 늑대 라이더스.

도로를 달릴 때 따라온 불빛들이 이렇게 여기 다 모여 있는 거 같아. 할머니가 되어서도 이렇게 달릴 수 있으면 좋겠다. 북악산 라이딩을 마치고 야경을 내려다보던 그때 정해민과 신입 멤버 윤예리가 처음으로 은빛 늑대를 이야기했다. 그때부터 여성 바이크 동호회는 은빛 늑대 라이더스가 되었다. 그렇게 모인 은빛 늑대들은 주말에는 새벽부터 먼 곳을 향했고 평일에는 가까운 코스를 한밤중을 지나 새벽까지 달렸다. 이들은 일상을 나누며 더 단단하게 뭉쳤다. 서로를 칭하던 '자매님'은 점차 '언니'로, 각자의 '이름'으로 바뀌어갔지만 그들이 자신들을 부르는 이름만은 영원히 은빛 늑대였다.

은빛 늑대에서 시작하여 케어센터 6구역까지 두슬기와 윤예리, 정해민의 인연은 계속되었다. 일생의 행운과도 같은 이 같은 인연이 이들에게는 더없이 특별하고 소중했다. 탈혼(脫婚)에 성공한 두슬기의 제안으로 비혼주의였던 윤예리가 첫 동반자가 되었고 곧 정해민도 합류했다. 그들에겐 함께 늙어가는 것이 세상에서 제일 자연스럽고 당연했지만 세상은 셋이 산다는 말에 언제나 궁금한 것이 많았다. 생활동반자법이 시행 중이라는 것은 다행이었지만, 현실의 생활동반자들에게는 자신들의 존재를 내보이고 증명해야 하는 피곤한 몫이 주어졌다. 평탄치 않았던 생활동반자 등록 이후, 주거지가 에어시티와 멀어지며 한 번 더 고비를 맞았지만 은빛 늑대 3인방은 아슬아슬하게 한배를 탈 수 있었다. 그러나 은빛 늑대의 다른 멤버들은 나이와 건강 정도에 따라 각각의 구역으로 흩어졌고 더 이상 자유롭게 오가며 만날 수 없었다. 이따금 들려오는 부고 소식에 멀리서 마음만 전할 뿐이었다.

소식이 끊긴 멤버들을 생각하던 두슬기는 이어폰을 자리에 두고 고개를 돌려 정해민을 찾았다. 정해민은 가까운 자리에 있었다. 이어폰을 벗으며 활동실을 나갈 채비를 하는 정해민을 향해 두슬기가 다가섰다.

"어디, 가려고?"

"어, 일이 좀 있어서…."

얼버무리며 말을 흐리는 정해민을 걱정스레 쳐다보며 두슬기가 재차 물었다.

"저번 검사 결과는? 나올 때 되지 않았어?"

"아…, 나왔어."

두슬기는 시선을 피하며 몸을 돌리는 정해민을 돌려세우고는 되물었다.

"결과 나왔으면 같이 보기로 했잖아. 어떤데?"

"그냥 그렇지 뭐…."

남 일처럼 말하는 정해민의 말투에 두슬기는 점점 부아가 치밀었다.

"사람이 걱정하면 좀 아는 척이라도 해라!"

활동실을 나가던 사람들의 시선이 순식간에 두슬기와 정해민에게 쏠렸다. 자신도 모르게 언성이 높아진 걸 깨닫고 두슬기는 아랫입술을 깨물었다. 정해민은 폐종양 의심 소견을 받아 관련 검사를 진행하고 있었다. 에어시티를 제외한 각 구역의 공기정화 수치는 비슷했지만 이를 견디는 건 각자의 몫이었다. 누구보다 검사 결과를 걱정하고 두려워하고 있을 사람이 정해민이라는 걸 알면서도 두슬기는 순간의 답답한 마음을 참지 못한 것이 후회되었다. 표정이 굳어진 두슬기를 보며 정해민이 말했다.

"언니가 걱정하는 것처럼 내 상태가 안 좋았다면 바로 구역 이동 명단에 올랐을 거야. 근데 지금 이렇게 6구역에 언니랑 같이 잘 있잖아?"

조곤조곤하게 설명하는 정해민의 말에 두슬기는 대답 대신 고개를 끄덕였다. 그런 두슬기를 보며 정해민이 뭐라 말을 덧붙이려다 주머니에서 패드를 꺼냈다. 뒷면에 '6'이 크게 쓰여 있는 6구역 케어센터 입소자 전용 패드였다. 한 손에 쏙 들어오는 패드 화면에 '이지안 선생님'이란 여섯 글자가 깜박이고 있었다. 먼저 간다고 손짓을 하며 정해민은 급히 활동실을 나갔다. 정해민을 따라가려던 두슬기의 팔을 누군가 잡아챘다. 윤예리였다.

"해민이 쟤는 어딜 저렇게 급하게 간데?"

윤예리의 물음에 두슬기는 천천히 고개를 가로저었다. 6구역 담당 보호사인 이지안은 최근 에어시티로 발령을 받아 곧 6구역을 떠날 예정이었다. 그런 이지안이 정해민에게 따로 연락하는 이유가 무엇인지 두슬기는 궁금했다.

"언니, 해민이 요새 이상하지 않아? 지금 이지안 선생 전화 받고 나가는 거야."

"이지안 선생?"

최근 들어 부쩍 이유도 말하지 않고 혼자 바쁘게 돌아다니는 정해민을 두고 두슬기는 윤예리에게 넌지시 걱정을 내비쳤다. 두슬기가 뭔가 수상하다고 말할 때마다 윤예리는 늘 "해민이도 항상 우리랑 붙어 있으란 법은 없잖아. '서로 편하게 그러면서 즐겁게'가 우리 좌우명 아니야?" 하며 웃어넘겼다. 이름 말고는 예리한 구석이 없는 수더분한 윤예리와 달리 두슬기는 요즘 보이는 정해민의 행동들이 자꾸만 신경 쓰였다. 심각한 표정의 두슬기를 보며 윤예리는 별일 아니라는 듯이 말을 이었다.

"이지안 선생 요새 본사 교육 어쩌고저쩌고하며 왔다 갔다 한다던데? 케어센터 본사가 에어시티에 있잖아. 해민이가 에어시티 기운이라도 얻으러 갔나

보지 뭐."

낯가림이 심한 정해민이 그런 이유로 이지안을 찾아갔을 리 없었지만 두슬기는 윤예리의 대답에 딱히 뭐라 받아칠 말이 없었다.

"아휴. 인상 그만 찌푸리고 해피에어쇼나 보러 가자. 해민이도 시간 맞춰 우리 방으로 오겠지."

윤예리는 심상치 않은 두슬기의 눈빛을 알아채지 못하고 어서 가자며 두슬기를 밖으로 이끌었다. 윤예리의 채근에 활동실을 나서면서 두슬기는 해피에어권을 생각했다. '에어시티' 입주권을 살 수 있는 어마어마한 당첨금, 다른 인생을 살 수 있는 유일한 마법으로 알려져 있으며 어느 구역에 살든 상관없이 누구나 꿈꾸는 티켓. 해피에어쇼는 그런 해피에어권을 추첨하여 실시간으로 당첨자를 알려주는 정규방송이었다. 해피에어쇼를 생각하니 두슬기는 정해민에 대한 의구심이 더 깊어졌다. 서로 손을 맞잡고 당첨 숫자들을 맞춰보던, 누구든 한 명이라도 당첨되면 다 같이 에어시티에 가서 제2의 인생을 시작하자며 매달 빼놓지 않고 티켓을 사며 열의를 불태웠는데…. 해피에어쇼보다 이지안 선생을 만나는 일이 더 급하다고? 분명 이상한 일이었다.

"우리는 언제 당첨이 될까. 근데, 저번 당첨자 6구역에서 나왔다는 거 알아?"

쉴 새 없이 떠드는 윤예리의 말을 듣는 둥 마는 둥하던 두슬기에게 뭔가 짚이는 곳이 빠르게 스쳐 갔다. 이지안 선생이 교육 때문에 요새 왔다 갔다 한다고? 두슬기는 윤예리에게 곧 방으로 가겠다고 말하고 급히 발길을 돌렸다. 혼자 남은 윤예리는 고개를 갸웃거렸다. 두슬기는 종종걸음으로 9번 복도를 향해 걸어갔다. 외부와 연결되는 게이트로 통하는 길이었다.

2.

에어시티를 떠난 순환버스가 6구역을 향하고 있었다. 모래폭풍이 한차례 몰아치더니 이내 잠잠해졌다. 창문 보호판을 올리려던 이지안은 덜거덕거리는 소리에 고개를 돌렸다. 한 노인이 끙끙거리며 창문

보호판을 올리려 하고 있었다. 이지안은 말없이 노인의 보호판을 올려주곤 다시 자리로 돌아왔다. 창너머로 바깥 풍경이 빠르게 지나갔다. 시야가 뿌옇게 흐렸다. 붉은 모래 그리고 창에 잔뜩 달라붙은 공해 먼지 때문이었다. 이지안은 붉은 하늘 너머의 한곳을 바라보았다. 도시 중앙에 방사형의 푸른 하늘이 보이는 곳, 바로 에어시티였다. 에어시티는 원형으로 배치된 각 구역의 중앙에 있었기 때문에 어느구역에 있더라도 순환버스 안에서는 에어시티의 푸른 하늘을 볼 수 있었다. 붉고 혼탁한 대기에 묻힌주변과 달리 에어시티는 마치 동화 속 풍경처럼 맑은 수정구슬의 보호를 받는 듯했다. 자체 자기장으로 오염된 물질을 밀어내는 에어돔, 공중에 떠 있는수많은 에어필터. 집중분포된 중하부와 달리 에어돔의 상부는 위로 올라갈수록 그 푸름이 흐려졌다. 푸르지도 그렇다고 붉은 회색빛의 대기도 아닌 혼탁한 경계를 보며 이지안은 케어센터 6구역을 생각했다. 공기의 영역에 속해 있었지만 지금은 분리된 사람들의 공간, 분명 존재하는 이들의 삶이 스쳐 가는 곳. 나는 무슨 색일까? 이지안은 케어센터에 공채로 입사해 1년간 6구역에서의 의무근무 기간을 채우고 곧 에어시티로 들어갈 예정이었다. 에어시티로 돌아가면 나는 푸른색이 되는 것일까? 이지안은 스스로에게 물어봤지만 이내 고개를 가로저었다. 언제 다른 구역으로 다시 발령이 날지 알 수 없는 일이었다. 2구역에서 나고 자란 이지안에게 6구역에서의 삶은 이전과 크게 다르지 않았다. 그러나 에어시티에서 몇 주간 연수를 지내고 보니 앞으로 지내게 될 에어시티의 삶도 필터 마스크를 하지 않을 뿐, 지금과 크게 다르지 않을 거라는 생각이 들었다. 구역민 출신인 이지안은 에어시티에서 케어센터 근무자를 위한 사택에서 지낼 뿐, 자유롭게 지내기에는 여러 제약이 있었다. 푸른색의 영원함은 에어시티 영구 거주민만을 위한 것이었다.

이지안은 창에서 고개를 돌려 좌석에 배치된 간이 스크린을 켰다. 이제 140세 시대에 접어들었다는 뉴스가 흘러나왔다. 140세 시대라…. 어디까지나 에어시티에 살고 있는 영구 거주민들이나 가능한 나이였다. 채널을 돌렸다. 해피에어쇼가 한창이었다. 마지막 번호를 부르며 추첨이 끝나면 대부분의 사람은 실망할 것이며 그들을 제외한 오직 몇 명의 사람만이 기쁨을 누릴 것이다.

곧 6구역 게이트에 도착합니다. 내부 통로 연결을 위해 순환버스가 많이 흔들릴 수 있습니다.
승객 여러분들은 안전한 객실에서 순환버스가 완전히 멈출 때까지 대기해주십시오.

해피에어쇼를 멍하니 응시하던 이지안은 안내 음성을 들으며 안전벨트를 확인했다. 곧 내부가 심하게 흔들렸다. 순환버스 통로와 구역 내부 통로를 연결하는 중이었다. 마치 우주정거장에 도킹하는 우주선 같았다. 순환버스가 완전히 정차하자 이지안은 출입문 앞에 섰다. 6구역을 알리는 표지판이 깜박였다. 이지안은 버스에서 내리자마자 시간을 확인했다. 다행히 약속 시간에 맞춰 돌아왔다. 시간은 충분했다. 센터로 가는 길목의 벤치에 앉아 잠시 숨을 고르려는데 누군가 아는 척을 했다. 정해민이었다.

"지안 선생님, 어떻게 됐어? 확인해봤어?"

인사도 없이 질문부터 쏟아내는 정해민을 향해 이지안이 말했다.

"치료실에서 편히 계시라고 그랬는데…, 기다리시지 않고 여기까지 나오셨어요?"

정해민은 대답 대신 초조한 얼굴로 되물었다.

"해피에어권 담당자가 뭐래?"

"양도는 불가능하대요."

"방법이 없는 거야?"

"지정 가족 입주가 저번 회차부터 폐지되었대요. 공지를 제대로 안 한 건 자기들 실수지만 해피에어권 약관에 명시했기 때문에 담당자는 문제없다는 입장이에요."

눈빛이 흔들리는 정해민을 보며 이지안은 잠시 멈췄다가 말을 이었다.

"해피에어권을 에어시티 입주권으로 쓸 경우에는 이제 본인만 입주할 수 있고, 입주권으로 쓰지 않을 경우에는…, 해민 선생님도 아시겠지만 당첨금으로….”

정해민은 이지안의 말이 다 끝나기도 전에 벤치에
그대로 주저앉았다.

“왜…, 왜 이렇게 된 거야?”

이지안은 정해민의 곁에 앉아 조심스레 그의 손을
잡았다.

“에어시티는 입주민이 늘어나는 것을 원하지 않아
요. 에어필터가 감당할 수 있는 인원수가 정해져 있
어서 그런 것 같아요.”

정해민의 손이 떨리고 있었다. 이지안은 정해민을
부축했다.

“우선 센터로 가요. 해피에어권 처리를 어떻게 하
실지는 선생님이 결정하는 거지만, 어떤 결정을 내
리든 서류에 서명은 해서 보내야 해요. 선생님께 따
로 드려야 할 것도 있고요.”

정해민은 말없이 고개를 끄덕인 후, 잠자코 이지
안을 따라나섰다.

두슬기의 예상대로 정해민은 6구역 게이트에 있

었다. 하지만 그가 도착했을 때, 이미 정해민과 이지안은 센터로 향하고 있었다. 부지런히 발을 옮겨 서두른 보람도 없이 두슬기는 눈앞에서 정해민을 놓치고 말았다. 멀리 사라지는 정해민과 이지안을 보며 두슬기는 확신했다. 무슨 일이 생긴 것이 틀림없었다. 생각이 거기까지 미치자 두슬기는 패드를 꺼내 윤예리를 연결했다. 화면 너머로 인상을 찌푸리고 있는 윤예리가 보였다.

"뭐 하느라 이렇게 안 와? 해피에어쇼 다 끝났어. 이번에도 꽝이야! 꽝이라고!"

두슬기는 차분히 윤예리가 조용해지길 기다렸다. 그제야 윤예리가 살짝 헛기침을 하며 말했다.

"무슨 일이야? 해민이는?"

"나 지금 6구역 게이트에서 해민이를 봤는데 지안 선생이 부축해서 가더라고. 나는 우선 해민이를 따라가볼게. 내가 좌표 보낼 테니까 그리로 와."

얼떨떨한 표정의 윤예리를 뒤로하고 두슬기는 패드를 덮었다.

케어센터 입구에 도착한 정해민의 다리가 휘청거렸다.

"해민 선생님, 괜찮으세요?"

힘없이 고개를 끄덕이는 정해민의 안색을 살피며 이지안은 간이 스캐너를 통해 그의 상태를 확인했다. 이지안은 서둘러 응급치료실로 향했다.

가까스로 센터에 도착한 두슬기는 가쁜 숨을 몰아쉬면서도 정해민에게서 눈을 떼지 않았다. 정해민이 휘청거리는 순간도 놓치지 않았다. 정해민을 부축한 채, 로비 중앙이 아닌 왼쪽 복도로 서둘러 향하는 이지안을 지켜보며 두슬기는 자신의 직감이 맞았다는 것을 알았다. 그 복도는 병원과 응급치료실이 있는 병동으로 이어져 있었다. 몸이 아프면 우리한테 말을 했어야지. 검사 결과가 안 좋게 나온 것이 확실했다. 두슬기의 마음이 급해졌다. 그러면서도 자신에게 아무 말도 하지 않은 정해민에게 서운했고, 해민이가 최근에 혼자 겉돈다면서 원망 아닌 원망을 하던 자신에게도 화가 났다.

두슬기는 반쯤 열린 치료실 문 앞을 맴돌며 들어 갈지 말지 고민했다. 두슬기는 패드를 열어 윤예리에게 연락을 해놓고, 조심스레 치료실 안으로 발을 들였다. 치료실은 텅 비어 있었다. 정해민을 찾았지만 보이지 않았고 귀를 기울여보았지만 아무 소리도 들리지 않았다. 진료대 근처까지 온 두슬기의 눈에 빈 침대에 덩그러니 놓인 정해민의 패드가 들어왔다. 화면에 깜박이는 승인창 내용을 보기 위해 두슬기는 고개를 숙였다. 해피에어권 수령을 요청하는 승인창 아래 해피에어권 약관이 화면을 채우고 있었다. 뭐야 이게? 패드를 들어 올린 두슬기는 하마터면 패드를 떨어트릴 뻔했다.

해피에어권 수령인: 정해민.
지정 가족 입주권 신청이 종료됨에 따라 오직 수령인 본인만 에어시티 입주권 교환이 가능합니다.

인기척을 알아채지도 못한 채 두슬기는 멍하니 패드만 내려다보고 있었다.

"여기 서서 뭐 해? 해민이는?"

좌표를 보고 찾아온 윤예리가 어리둥절한 표정으로 물었다.

"왜 그래?"

멍한 표정으로 바닥만 보고 있는 두슬기의 팔을 흔들며 윤예리가 다시 물었다. 그때 진료대 뒤쪽에 위치한 준비실 문이 열리더니 곧 이지안의 목소리가 들렸다.

"본사에서 어렵게 구해 오긴 했는데 당장은 진통제로 좋을지 몰라도 몸이 금방 상할 거예요. 에어시티에 입주하셔서 치료를 받으시는 게….."

조심스레 말하는 이지안의 말을 자르며 정해민이 단호하게 말했다.

"에어시티에 간다고 달라지지 않을 거 지안 선생님도 알잖아. 누워 지내는 기간만 길어지겠지. 아무도 만날 수 없는 치료실에서 혼자 말이야. 오늘 구역 이동 대상자 문서가 왔더라고. 일주일 안에 여길 정리하고 나가라는 거겠지. 우선 좀 누워야겠어."

정해민의 목소리를 들으며 윤예리는 이게 다 무슨

상황인지 알 수가 없었다. 에어시티 입주? 구역 이동 대상자? 윤예리는 지금 이곳에서 들려오는 이야기를 하나도 알아들을 수가 없었다. 갑작스러웠고 모든 것들이 너무 빨랐다. 도저히 쫓아갈 수 없는 속도로 정해민은 그렇게 달아나고 있었다.

"슬기야, 저게 다 무슨 소리야?"

윤예리의 질문에도 두슬기는 말이 없었다. 그때 우두커니 서 있는 윤예리와 두슬기를 발견한 이지안이 진료대 앞에 멈춰 섰다.

"선생님들, 여긴 어떻게…?"

이지안의 말에 바닥을 보고 걸어오던 정해민이 고개를 들었다. 언니들이 왜 여기에…? 정해민의 미간이 좁아졌다. 정해민은 서둘러 진료대 근처에 두었던 패드를 찾았다. 패드는 두슬기의 손에 들려 있었고, 정해민은 올 것이 왔다는 기분이 들었다. 그런 정해민과 이지안을 차례로 보던 두슬기가 말없이 패드를 내려놓고 치료실 밖을 나섰다.

"언니!"

정해민이 불렀지만, 두슬기는 뒤돌아보지 않았다.

그런 두슬기를 따라 윤예리도 치료실을 나갔다. 두슬기는 갑자기 찾아온 이명에 걸음을 멈췄다. 이내 치료실과 복도가 통째로 순식간에 어느 한 점을 향해 빨려 들어갔다. 현기증에 비틀거리는 두슬기를 윤예리가 부축했다. 두슬기의 귓가에 게임 활동실에서 윤예리에게 들었던 말이 맴돌았다. 6구역에서 당첨자 나온 거 알아? 6구역의 해피에어권 당첨자는 정해민이었다.

*

"아가씨, 아줌마 득달같이 구분하려고 하는 애도 있었거든. 비싼 카메라 자랑을 실컷 하고는 라이딩 사진 찍는다면서 여자한테만 이상한 각도로 들이미는 새끼도 있었고, 아휴. 말해 뭐해, 징글징글하지."

북악산 코스를 돌고 나서 윤예리가 말했다.

"언니가 고생 많았네. 그런 '하찮이'들로 스트레스 받으면서까지 바이크 탈 필요는 없지. 은빛 늑대 없었으면 정말 어쩔 뻔했어."

두슬기의 말에 야경을 보던 정해민이 입을 열었다.

"은빛 늑대에는 자매님들만 있어. 세상 안전하고 따뜻하고 그리고 든든해."

각자의 바이크 근처에 삼삼오오 모여 있던 은빛 늑대들은 정해민의 든든하다는 말에 모두 고개를 끄덕였다. 정해민이 말을 이었다.

"그래서 난 은빛 늑대가 너무 좋아."

"나도!"

"나도, 나도!"

한바탕 터지는 환호성과 웃음소리가 시원했다. 소리가 잦아들 때 즈음, 하나둘씩 시동을 거는 소리가 메아리처럼 퍼졌다. 은빛 늑대의 새벽 질주가 시작되려는 것이었다. 나무가 우거진 산속의 구불구불한 길을 달릴 때는 마치 탐험가가 된 것처럼, 터널을 지나 고속도로에 접어들면 몰래 미션을 수행 중인 스파이인 것처럼, 은빛 늑대들은 저마다 상상을 하며 라이딩을 즐겼다. 그러나 이들이 가장 좋아하는 라이딩 코스는 따로 있었다. 새벽 도로에서 '다 함께' 달리는 것이다. 까만 새벽, 가로등이 연달아 있는 한

적한 도로. 가로등이 뿜는 은색의 불빛들이 마치 쏟아지는 별처럼 이들을 스쳐 지나갔다. 색색의 빛이 은빛 늑대의 질주를 응원했다. 새벽의 라이딩은 그들 한 명 한 명이 우주의 한 조각으로서 우주와 함께 달리고 있다고 느끼게 해주었다. 우주가 이들에게 주는 별빛의 축복이었다.

라이딩이 미숙한 멤버를 가운데에 두고 앞과 뒤, 옆에 능숙한 멤버가 가드처럼 함께 달리는 것은 바이크 동호회의 당연하고 흔한 규칙이었지만 은빛 늑대에서 이런 가드는 그들만의 새로운 의미를 가져왔다. 일상에서도 서로에게 가드가 되어주는 것이었다.

두슬기가 올린 바이크 동호회 모집 글을 보고 정해민은 바이크에 대해 잘 몰랐지만 무작정 회원가입을 했다. 갓 스물을 넘겨 은빛 늑대가 되었던 정해민은 은빛 늑대 멤버를 통틀어 영원히 '만내'—나이는 막내였지만 하는 행동은 만이 같다고 하여—로 불렸다. 두슬기는 그런 만내 정해민을 무척 아꼈다. 알바 때문에 주말 라이딩은 거의 참석하지 못했지만 평일의 새벽 라이딩은 꼬박꼬박 나왔던 정해민. 은빛 늑대와 함께, 은빛 늑대로서의 시간을 쌓아갈수록 그의 얼굴에는 점점 웃음이 돌았다. 웃음이 늘어갈수록 정해민의 라이딩도 능숙해졌고 자신이 받았던 안전하고 든든한 가드의 역할을 신입이었던 윤예리에게 해줄 수 있었다. 그러나 정해민에게 좀처럼 변하지 않는 부분은 힘든 일이 있어도 내색하지 않는다는 점이었다. 은빛 늑대들은 어려운 일이든 기쁜 일이든 뭐든 정해민이 마음을 열고 터놓아주길 바랐지만 쉽지 않았다. 어쩌면 동생만 한가득인 집에서 첫째로 태어나 학습한 것이 희생뿐이라서, 정해민에게는 힘든 일을 그리고 자신의 일을 누군가와 나누는 것이 어려웠을 것이다. 그랬던 정해민이 두슬기에게 처음 도움을 청해 온 것은 두슬기가 윤예리와 생활 동반자 등록을 준비하고 있을 때였다. 두슬기는 뜻밖의 연락을 받고 윤예리와 함께 정해민이 알려준 주소로 향했다. 어느 빌라 앞에 바이크를 세운 둘은 시끄러운 소리가 들리는 1층이 정해민의 집이라는 것을 알았다. 물건이 깨지는 소리, 입에 담지 못할 욕지거리, 그리고 이내 정해민의 비명 소리가 들려왔다. 갑자기 문이 열리면서 정해민이 뛰쳐나왔다. 헝클어진 머리에 눈물로 범벅이 된 얼굴. 하지만 두슬기를 아프게 만든 것은 정해민의 흔들리는 눈빛이었다. 도움이 절박한 눈이었다. 곧 반바지만 입은 남자가 정해민을 따라 나왔다. 내뱉는 모든 말의 어미에 년을 붙이며 고래고래 소리를 질러대는 놈을 보고 있자니 두슬기는 화가 치솟았다. 전남편과 똑 닮은 짓거리였다. 기가 찼다. 두슬기는 정해민의 불안했던 눈빛을 기억해냈다. 그 불안의 근원은 장소로 치자면 이곳이었고, 원인이라면 가족이었다. 두슬기는 남자를 매섭게 노려보며 소리쳤다.

"야! 뭐 씨발? 어린 놈의 새끼가, 어디서 누나한테 씨발이라고 입을 함부로 놀려? 아주 목젖을 오목하게 처맞을 새끼, 더러운 아가리 닥쳐 이 새끼야!"

남자는 낯선 여자가 소리치자 놀란 모양이었다.

"뭐야! 뭐냐고! 뭔데 그래!"

"뭐냐는 말밖에 모르냐? 아가리 닥치랬지!"

두슬기는 윤예리에게 눈짓하고는 바이크에 시동

을 걸었다. 두슬기는 정해민에게 헬멧을 씌워주며
물었다.

"가지고 나올 거 있어?"

정해민은 고개를 가로저으며 말했다.

"저 새끼가 내 바이크 팔았어요."

두슬기가 말했다.

"해민아, 너도 해! 저 새끼 이제 다시 안 볼 거니까
하고 싶은 말 다 해!"

정해민은 몸을 떨고 있었다. 두슬기는 그 떨림을
누구보다 잘 알았다. 방어의 다른 이름이 공격이라
는 걸 알면서도 한 번도 해보지 않아 막상 시작하려
고 했을 때 온몸에 번지는 두려움…. 두슬기가 말
했다.

"지금 당장 하지 않아도 괜찮아. 욕하고 싶으면 언
제든 말해. 내가 데려다줄게."

정해민은 대답 대신 바이크에 앉아 두슬기의 허리
를 꽉 잡았다. 그리고 소리쳤다.

"개새끼야! 생긴 대로 계속 좆같이 살아라!"

멀뚱히 서 있기만 하는 남자를 뒤로하고 정해민이

두슬기와 윤예리에게 소리쳤다.

"언니들! 우리 가요!"

그들은 그렇게 바이크를 타고 달렸다. 정해민이
처음으로 스스로에게 가드가 되어준 날이었다.

정해민이 가족에게서 탈출할 수 있었던 가장 큰
힘은 두슬기와 윤예리였다. 그들이 언제나 정해민에
게 했던 말은 바로 자신을 위해 살라는 것이었다. 처
음에는 용기를 내지 못했지만, 정해민은 조금씩 변
해갔다. 두슬기와 윤예리는 '나를 위해 살라는' 말 외
에는 절대 생각과 행동을 바꾸라고 쉽게 말하지 않
았다. 그리고 행동 자체를 평가하지도 않았다. 그저
정해민의 일상이 그의 타임라인 속도에 한해서 안전
하게 지켜지고 그러면서도 점차 변하기를 응원하고
또 응원했다.

두슬기와 윤예리 그리고 정해민이 함께 살게 되면
서 이들은 그날의 일을 자주 이야기하곤 했다.

"그때, 언니가 해줬던 말이 너무 힘이 되고 용기가

되었어. 내 탓이 아니라는 말. 폭발해야 하는 사람은 네가 아니고 널 그렇게 만든 사람이라는 말."

말끝이 흐려지는 정해민을 이어 두슬기가 말했다.

"누가 널 빡치게 하면 절대 품지 말고 혼자 뒤에서 폭발하지도 말고 그대로 면전에 날려줘. 만약에 혼자가 어려우면 우리한테 말해. 그게 우리 집 규칙이야. 앞으로 혼자만 속으로 꾹꾹 참고 숨기기 없기다?"

고개를 끄덕이며 정해민이 말했다.

"나도 알아. 그렇게 참고만 살면 내가 날 학대하는 거밖에 안 된다는 걸. 그렇지만 한순간에 바뀌기가 너무 힘들었어. 자꾸 바보같이 예전으로 돌아가는 내가 정말 한심하고 그랬거든. 너무나도 느리고 답답하니까."

"해민아, 지금 이 속도가 딱 좋아. 느리지 않아. 네가 너의 속도로 가고 있었기에 우리가 이렇게 만날 수 있었잖아."

정해민은 두 언니들을 만나 처음으로 펑펑 울었다. 서로의 의지처가 되어 연대하면서 각자의 현실에서 탈출했던 힘. 폭력과 겁박으로 유지되었던 결혼에서, 가정에서, 그리고 사회에서 손을 맞잡고 서로의 탈출을 도왔던 굳건한 믿음이 있었기에 3인방은 아무것도 두렵지 않았다.

3.

두슬기는 오늘도 잠을 설쳤다. 시간을 보니 어느덧 새벽이었다. 그날 이후, 두슬기는 줄곧 누워 지냈다. 몇 번 찾아온 윤예리와도 단답형 대화만 나누고 헤어졌다. 그도 충격이 컸을 터였다. 두슬기는 복잡한 심정이었다. 혼자만 담아두지 말라고 그렇게 말했건만. 그간 아무 말도 하지 않았던 정해민에 대한 원망과 그런 그에게 가족으로서 미리 알아채지 못한 자책이 함께 밀려왔다. 물론 스스로에게 화가 났던 것이 가장 컸다. 구역 이동 대상자가 될 정도로 몸이 엉망이면서도 진통제로 버티며 치료를 받지 않으려 드는 정해민의 마음도 이해할 수 있었다. 에어시티 방문자가 될 수 없는 두슬기와 윤예리는 이제 정해민의 소식을 그저 여기 6구역에서 듣고 마음만 보낼 수 있기 때문이었다. 그러면서도 패드 화면에 깜박이던 해피에어권 수령인, 정해민이라는 글자가 계속 두슬기의 눈에 아른거렸다. 정해민의 결정을 존중해야 했지만 그래도 치료를 받으라고 설득하는 것이 지금의 정해민에게 자신이 할 수 있는 일이라 생각한 두슬기는 천천히 몸을 일으켰다. 구역 이동 대상자에 오르면 일주일 안에 6구역을 떠나야 했다. 두슬기는 더 늦지 않게 정해민을 잡고 싶었다. 방에 불을 켜고 주섬주섬 옷을 챙겨 입고는 주머니에 패드를 챙기려는데 두슬기의 손에 까실한 촉감이 느껴졌다. 은빛 늑대 와펜을 꺼내 잠시 매만지던 두슬기는 와펜을 테이블에 놓고 나가려다 다시 주머니에 챙겨 넣었다. 문을 열고 나가려는데 인기척이 들렸다. 문을 여니 윤예리가 와 있었다. 눈이 마주친 그들은 어떤 말을 해야 할지 몰라 머뭇거렸다. 잠시 침묵이 흐르고 윤예리가 입을 열었다.

"이 새벽에 어디, 가려고?"

"아…. 그게…."

"급한 거 아니면 잠깐 우리 이야기 좀 하자. 들어가도 돼?"

두슬기는 말없이 뒤로 물러나며 문을 열었다. 어색한 표정의 윤예리 뒤로 정해민과 이지안이 있었다. 이지안은 걱정스러운 표정으로 각자의 자리에 우두커니 그러나 위태롭게 서 있는 두슬기와 윤예리, 그리고 정해민을 바라보았다. 이지안이 입을 열었다.

"해민 선생님은 몇 달 전부터 준비해왔어요. 선생님들께 현재 본인이 어떤…."

목소리가 떨리자 이지안은 잠시 숨을 고르고는 다시 말을 이었다.

"본인이 어떤 상태이고, 어떤 상황인지. 이 사실을 알면 누구보다도 충격을 받을 선생님들을 생각하면서…."

말을 잇지 못하는 이지안에게 정해민이 괜찮다는 손짓을 하며 입을 열었다.

"궁금한 게 많겠지만 시간이 많지 않으니까 말할

게."

"아니, 우리가 먼저 물어볼게."

정해민의 말을 자르며 윤예리가 말했다.

"언제부터야? 진짜 무슨 시한부 판정이라도 받은
거야?"

"그래. 시한부 판정받았어. 얼마 남지 않았다고 하
더라."

마치 남 이야기를 하듯 덤덤한 정해민의 대답에
윤예리는 기가 막혔다.

"어떻게 우리한테 말도 없이 그럴 수 있어? 혼자
죽기라도 하겠다는 거야 뭐야!"

듣고 있던 두슬기가 정해민을 향해 소리쳤다.

"그러면서 당첨이 된 것도 알았지. 이곳에서 늙어
가는 사람들이 가장 피하고 싶은 것과 가장 갖고 싶
은 것이 모두 다 내게로 왔어."

쓸쓸한 미소를 지으며 정해민이 말을 이었다.

"시한부 판정을 받고 나서 나는 더 이상 6구역에
있을 수 없다는 걸 알았어. 퇴소하고 다른 구역으로,
아마도 살날이 얼마 남지 않았으니 10구역으로 가

야 했겠지만. 언니들과 함께 보낼 수 있는 시간을 생각해보니, 언니들이랑 매달 해피에어권에 응모하고 설레었던 기억이 가장 많이 떠오르더라. 우리가 얼마나 간절히 당첨을 기다렸는지 생각해봤어. 그래서 내가 할 수 있는 건 따로 응모를 더 하는 것뿐이었어. 당첨이 되었을 때는 믿기지 않았지만 서둘러야 했어. 언니들이라도 에어시티에 보내고 싶었거든. 그런데 너무 늦게 알았던 거야. 지정 가족에게 양도가 되지 않는다는 걸. 사방이 막힌 이 답답한 곳을 탈출할 수 있는 유일한 방법이라고 믿었는데…."

정해민이 울먹이자 두슬기가 말했다.

"에어시티로 가! 가서 치료를 받아!"

정해민이 고개를 저었다.

"꼼짝도 못 하고 누워 지내다 죽을 날만 기다리라고? 난 그렇게 살고 싶지 않아."

당첨이 되었을 때, 해민이는 얼마나 기뻤을까. 얼마나 이 기쁜 소식을 함께 나누고 싶었을까. 하지만 언니들과 함께 가지 못한다는 사실을 알리는 일이 정해민을 기다리고 있었다. 심장이 죄어드는 듯 아팠다. 눈앞이 흐려졌지만 두슬기는 눈물을 삼켰다. 우리 막내 해민이. 우리가 널 위해 무엇을 할 수 있을까. 에어시티에 혼자라도 가서 치료를 받아야 한다는 말을 두슬기는 도저히 할 수 없었다. 두슬기와 윤예리는 말없이 정해민을 꼭 안아주었다. 그의 몸은 어느새 더 작아지고 야윈 듯 느껴졌다. 서로를 부둥켜안은 이들을 향해 이지안이 다가가려는데 패드가 울렸다. 패드 화면에 해피에어권을 주관하는 에어시티의 로고가 뜨더니 곧 담당자로 바뀌었다. 이지안은 담당자가 요청하는 통화 안내에 승인을 눌렀다.

"네. 이지안입니다. 네. 제가 대리인이에요. 오늘부터 가능하다고요? 그럼 바로 진행해주세요."

패드를 덮으며 이지안이 정해민에게 말했다.

"여기 서명해주시면 돼요."

정해민은 이지안이 건네는 패드를 살펴보았다. 해피에어권 당첨금이 소진될 때까지 에어돔 대여비로 지불한다는 문서였다. 서명한 문서를 전송하고 이지안은 패드를 덮으며 말했다.

"시간 다 되었어요. 선생님들, 가시죠."

이지안의 말에 정해민은 포옹을 풀고는 두슬기와 윤예리를 번갈아 쳐다보며 말했다.

"갈 곳이 있어."

4.

이지안의 안내에 따라 도착한 곳은 처음 보는 게이트였다. 항상 사람으로 들끓던 6구역의 게이트와 달리 사람이라고는 이들 네 명뿐이었다. 주위를 두리번거리는 두슬기와 윤예리가 거의 동시에 중얼거렸다.

"6구역에 이런 곳이 있었나?"

"케어센터 전용 통로예요. 에어시티와 이어지죠. 방문자를 위한 비밀통로 같은 거라고 생각하시면 돼요."

"에어시티?"

이지안은 의아한 표정으로 되묻는 두슬기와 윤예

리에게 살짝 미소 지으며 고개를 끄덕였다. 에어시티의 방문자 등록과 복잡한 인증 작업을 마치고 나서야 정해민, 두슬기, 윤예리 세 명은 숨을 돌릴 수 있었다. 긴장 가득한 얼굴로 에어시티 입구에 서 있는 두슬기와 윤예리는 정해민의 손을 꼭 잡고 있었다. 이지안이 정해민을 향해 작은 가방을 건네자 옆에 있던 두슬기가 그 가방을 대신 받았다.

"부탁하셨던 홀로그램 파일은 담당자에게 잘 전달되었어요. 가방에는 여분의 진통제와 주입기를 챙겼고요. 해민 선생님 패드에 진통제 투입 알람을 설정해두었어요. 알람에 잘 맞춰서 정해진 양만 넣는 거 아시죠? 아, 그리고 가방에 필터 마스크를 잘 챙겨주세요. 에어시티에서는 마스크가 필요 없지만 이곳에 돌아와서는 필요할 테니까요."

그들이 이런저런 이야기를 나누며 기다리는 동안 게이트 중앙 전면 전광판에 익숙한 로고가 나타났다. 에어시티 로고였다. 이동할 차에 대한 안내 음성이 흘러나오자 이지안이 말했다.

"차가 왔나 봐요. 금방 도착할 거예요."

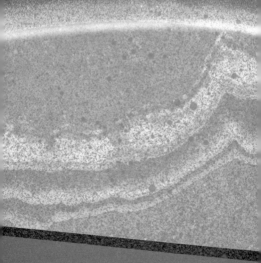

허블

SF의 소우주

당신과 우리 사이의 우주를 관측하는 SF 브랜드 허블

우리가 빛의 속도로 갈 수 없다면

김초엽 지음 | 344쪽 | 14,000원

2019년 가장 뜨거운 신예 소설가에서
2020년 한국 문학을 대표할
새 얼굴로 떠오르다!

2019 오늘의 작가상·2020 젊은작가상 수상
2019 조선일보·동아일보·문화일보·한겨레
경향신문·시사IN 올해의 책
2019 교보문고·알라딘·예스24 선정 올해의 책

"작가는 어느 시대와 공간을 살아가든
서로를 이해하려 하지 않는다면
'우주를 개척하고 인류의 외연을 확장하더라도
… 외로움의 총합을 늘려갈 뿐'이라고 말합니다."

_손석희, jtbc 뉴스 앵커브리핑

안내 음성이 끝나자 곧 순환버스와는 비교도 안 될 만큼 조용하지만 크기만큼은 거대한 리무진이 그들 앞에 섰다. 정해민과 두슬기 그리고 윤예리는 이지안과 함께 리무진에 올랐다. 안락하고 푹신한 의자는 그대로 누워 자도 좋을 만큼 넓고 따뜻했다.

"근데 에어시티 어디로 가는 거야?"

윤예리의 질문에 정해민이 말했다.

"가보면 알아, 언니."

그들이 도착한 곳은 어두운 복도 끝에 있는 큰 철문 앞이었다. 조용했다.

"해민아, 뭐야, 여기?"

윤예리가 떨리는 목소리로 물었다. 하지만 정해민은 겁먹은 듯한 윤예리에게 안심하라는 눈짓을 보내며 자신의 작은 가방을 열었다.

"이제 마스크 빼도 되거든."

두슬기와 윤예리, 정해민은 모두 코와 입에 부착된 마스크를 떼어 가방에 넣었다. 곧 마스크가 분리되었다는 알람이 울렸지만 공기정화 밀도를 기준으로 측정하는 알람은 이내 자동으로 멈췄다. 마스크를 빼서 능숙하게 정리하는 이지안과는 달리 3인방은 누가 먼저랄 것도 없이 거의 동시에 숨을 있는 힘껏 들이마신 후 천천히 내뱉었다. 몸 전체가 숨을 쉬는 듯한 기분이었다. 몸 안에 들어간 공기는 옛 기억을 불러왔다. 지금은 미지근한 온도와 비릿한 내음의 공기에 익숙해졌지만 어릴 때부터 알아온 공기란 바로 이런 것이었다. 선선한 온도와 공기의 청량한 내음이 이들을 순식간에 둘러싸며 상쾌함을 선사했다. 에어시티와 분리되기 전에 마셨던 공기도 이렇게 달콤했었을까? 그때의 공기란 '이래야 한다'라는 생각을 할 필요도 없이 누구에게나 당연한 것이었다. 아무도 공기를 사고팔게 되는 세상이 올 거라고는 믿지 않던 시절이었다.

육중한 소리를 내며 철문이 양쪽으로 천천히 열렸다. 간간이 켜진 불빛으로 겨우 보이는 희미한 윤곽에 두슬기와 윤예리는 어리둥절했지만 이들은 곧 자신이 어디에 서 있는지 알게 되었다. 거대한 에어돔 레이싱 경기장이었다. 이지안이 패드를 꺼내 에어돔 제어실을 연결했다.

"지금 시작해주세요."

어두운 경기장이 서서히 밝아졌다. 마치 카드섹션을 하는 것처럼 수많은 픽셀이 뒤집어지며 어떤 공간을 만들고 있었다. 경기장은 곧 홀로그램으로 구현된 북악산 도로로 바뀌었다. 우거진 숲과 가로등, 그리고 도로를 은은하게 비추는 야경의 불빛까지, 신나게 달렸던 예전 풍경 그대로였다.

"저기 좀 봐봐!"

윤예리가 가리키는 곳에는 그들이 몰았던 바이크가 그대로 재현되어 있었다. 두슬기가 정해민에게 말했다.

"당첨금을 여기에 썼던 거야?"

어느새 윤예리도 이들에게 다가와 있었다.

"에어시티에 입주할 수는 없지만, 대여는 할 수 있거든."

싱긋 웃으며 말하는 정해민을 보자니 두슬기의 마음 한구석이 아려왔다.

"언니들에게 그리고 또 나에게, 어떤 선물을 해야

할지 고민 많이 했거든. 우리가 아니, 특히 내가 앞으로 언제 바람을 맞아볼 수 있을까 생각하니까 답이 나오더라고."

정해민이 언니들을 둘러보며 말했다.

"우리가 가장 빛났던 시절, 그 시간을 언니들과 함께하고 싶었어."

정해민은 복받쳐 오르는 감정에 잠시 쉬었다가 다시 말을 이었다.

"나를 위해서 살라고 했잖아. 처음에는 쉽지 않았어. 나는 정말 이것이 내가 원하는 것인지, 그리고 나를 위한 것인지 어쩌면 내가 아닌 남을 위한 것인데 착각하고 있는 것인지 판단하고 움직이기가 어려웠어. 나를 지우고 살다 보면 어느새 나에 대한 사소하고 작은 것들까지도 세상에서 제일 어려운 문제가 되어버리는 거야. 그런데 내 옆의 어떤 사람이 나의 안녕과 행복을 진심으로 바란다면, 정말 나를 생각해주는 그런 사람이 옆에 있다면 그 문제는 이제 가장 쉬운 문제가 되어버려. 언니들과 함께 지내면서 나는 깨달았어. 그래서 할 수 있었구나. 언니들이 옆에 있어서 용기를 낼 수 있었구나. 어떤 문제가 와도 두렵지 않게 된 것은 내가 언니들을 만나서 그랬던 거였어. 언니들은 내게 하나뿐인, 고맙고 소중한 사람들이야."

두슬기와 윤예리가 말없이 정해민을 안았다. 셋은 한동안 서로를 부둥켜안고 있었다. 언니들 품에서 정해민이 말했다.

"이제 달려볼까?"

셋은 홀린 듯이 바이크에 탔다. 셋의 바이크는 그들이 타던 바이크를 본뜬 후 부족한 부분은 홀로그램으로 채워 준비된 것이었다. 셋의 바이크 옆에는 이지안의 바이크도 있었다.

"저는 바이크라는 것을 처음 타보니까 자동주행으로 안전하게 시작해볼게요."

이지안의 말에 두슬기와 윤예리 그리고 정해민이 활짝 웃었다. 두슬기가 활짝 웃으며 말했다.

"예리 언니, 이제 마지막 회원 아니네? 오늘 은빛 늑대에 막내가 들어왔어!"

다 같이 웃으며 이들은 바이크에 시동을 걸었다.

엔진 소리가 호탕했다. 게임활동실에서 이어폰을 통해 듣던 소리와는 비교할 수 없을 만큼 우렁찼다. 처음 바이크를 시작하는 멤버를 가운데에 두어야 한다는 그때의 규칙처럼 이지안을 가운데 두고 정해민과 두슬기, 윤예리가 각각 앞, 뒤, 옆을 맡았다.

"그럼, 달려볼까!"

달릴 준비를 하는 이들을 보고 이지안이 에어돔 제어실에 손짓했다. 에어돔 천장에 카운팅이 시작되었다.

3, 2, 1.

숫자가 깜박이며 하나씩 사라지더니 이내 경기장의 돔이 열렸다. 두슬기와 윤예리, 정해민은 눈을 감고 심호흡을 하며 공기를 힘껏 마셨다. 한밤에 만나 라이딩을 하고 각자의 일상으로 돌아갈 때 만났던 서늘하지만 단단한 온도. 세 사람은 다시 한번 가슴속에 새벽 공기를 가득 채워 넣었다.

"출발!"

다이아몬드 대형으로 돌진하듯 달리면서 이들은 동시에 외쳤다.

"우리가 누구?"

"은빛 늑대!"

네 대의 바이크가 은빛 광선으로 긴 꼬리를 남기며 달리고 있었다. 밝게 빛나며 광활한 우주를 질주하는 혜성처럼 그들은 달렸다. 바이크의 진동을 몸에 새기고 새벽의 공기와 바람의 내음을 맘껏 마셨다. 그래, 추억이라 생각했던 새벽의 바람을 살 수 있다면, 그거면 충분하다고 정해민은 생각했다. 지나쳐가는 북악산 도로의 풍경, 그리고 야경, 누구보다도 통쾌하고 시원하게 웃으며 잔뜩 신이 나서 라이딩을 즐기는 두슬기와 윤예리의 모습을 정해민은 마음속 깊은 곳에 담았다. 3인방 가운데에서 달리고 있는 이지안의 얼굴도 밝게 빛났다. 언젠가 이지안도 누군가의 가드가 되어줄 것이었다. 몇 바퀴를 돌고 나자 홀로그램 픽셀이 새로운 풍경을 만들었다. 은빛 늑대들이 자주 달리던 라이딩 코스였다. 가드가 되어 따라오는 은색 불빛과 함께, 세상 가장 시원한 바람을 맞으며 그들은 끝없이 달렸다.

루나벤더의 귀가

지도가 잘못된 걸까. 루나벤더는 고개를 저었다. 분명 목적지를 향해 이동 중이었다. 겨울 영지를 지나면 얼음 바다에 이르는 지름길이 나와야 했지만 루나벤더는 눈 쌓인 평원 중간에 서 있었다. 구름 한 점 없이 깨끗한 하늘 아래 잔잔한 햇볕이 내린 하얀 설원은 설탕을 뿌려놓은 것처럼 반짝이며 끝없이 이어졌다. 뭔가를 놓치고 있는 듯한 기분이었다. 루나벤더가 손짓하자 허공에 반투명한 화면이 떴다. 손끝으로 화면을 이리저리 움직이자 지금까지 지나왔던 장소들이 입체적으로 나타났다. 지도 중간에 'Lunavender' 글씨가 보라색으로 깜박이고 있었다. 아무래도 길을 잃은 것 같았다. 지도를 다시 돌려보려던 루나벤더의 귓가에 긴장감 가득한 음악이 흐르기 시작했다. 곧 시야가 밝아지더니 설원 중간중간 스밀로돈*의 실루엣이 보였다. 금방이라도 눈 속을 뚫고 나올 것 같은 스밀로돈의 거친 숨소리와 함께 커다란 몸집만큼 거대한 이빨이 부딪히는 소리가 들려왔다. 루나벤더는 재빨리 칼을 빼 들었다. 허공을 한 번 그어 내리자 눈부시게 빛나는 보라색 입자들의 잔상이 이내 눈처럼 흩날렸다. 스밀로돈 무리가 다가오고 있었지만 루나벤더는 돌진하는 대신 칼을 내리고 한곳을 주시했다. 지도에서처럼 'Lunavender' 글씨가 보라색으로 깜박이고 있었고 루나벤더를 향해 똑바로 날아오고 있었다. 루나벤더가 시야를 확대하자 다가오는 글씨는 이내 두루마리 형태의 편지로 변했다. 편지를 향해 손을 뻗자 눈앞에 알림창이 떴다.

---

* 검치호(劍齒虎): 거대한 이빨을 가진 고양이과 고대 맹수.

루나벤더 님은 현재 감각 동기화 플레이 상태입니다. 감각 동기화 플레이 격투 모드 중에 메시지를 확인하면 격투모드가 종료됩니다. 겨울 영지 퀘스트까지 플레이가 저장됩니다.

루나벤더는 알림창을 무시하고 허공에 떠 있는 편지를 잡았다. 편지가 자동으로 펼쳐지며 새로운 지도가 나타났다. 목적지를 가리키는 핀이 바뀌었다. 무지개색으로 빛나는 핀을 건드리자 순식간에 거대해진 지도가 루나벤더와 설원을 삼켰다. 설원은 순식간에 얼음 바다로 바뀌었고 주위에는 앞을 보기어려울 정도로 거센 눈보라가 휘몰아쳤다. 루나벤더는 온기가 느껴지는 몸을 이리저리 둘러봤다. 복장은 어느새 냉기를 막아주면서도 방어력이 높은 온열슈트로 변해 있었다. 자동 지역 변경은 마스터급의플레이어야 가능한 일이었다. 지도를 보낸 발신인을확인하기 위해 다시 불러온 편지에는 짧은 메모가있었다.

얼음 바다 너머 붉은 모래가 이끄는 붉은 사막에
블랙펄이 기다리고 있다. -유리크리

블랙펄. 진주…. 유리크리. 유리….

블랙펄과 유리크리에서 루나벤더는 곧바로 이름
을 떠올렸다.

진주와 유리.

이름을 중얼거리며 되뇌이자 끊어졌던 기억이 되
살아났다. 루나벤더는 눈보라를 헤치며 얼음 바다를
건너기 시작했다. 블랙펄, 진주를 찾기 위해 탐험을
시작했다는 것이 마치 지금 알게 된 것처럼 새롭게
다가왔다. 루나벤더는 희미하게 떠오르는 실루엣에
정신을 집중했다.

항상 삐딱한 각도로 고개를 숙여 상대를 쳐다보지
만 매번 시선을 아래로 두며 말하는 진주. 관심 있는
분야의 이야기라면, 그것이 특히 헤븐나이츠 게임에
대한 것이라면, 진주는 하루 종일 지치지도 않고 눈
을 반짝이며 이야기하곤 했다. 집중할 때마다 자석
처럼 이마의 흉터에 손이 달라붙어 있던, 눈매는 날

카롭지만 선한 눈동자로 미소 짓는 우리 진주.

루나벤더는 선명히 떠오른 진주와 그 옆에 함께 앉아 있는 유리를 기억해냈다. 불러온 이미지는 한 장의 사진이었다. 처음 찍은 가족사진. 사진 속 유리는 무표정했지만 길고 마른 몸은 진주를 향해 있었다. 평소 사진을 절대 찍지 않는 유리가 이렇게 사진에 남을 수 있었던 것은, 그날이 세 명에게 특별한 날이었기 때문이었다. 첫 번째 가족 기념일, 진주는 유리에게 가족 기념일을 위해 사진을 꼭 찍어야 한다고 말했었다. 루나벤더는 끝없이 이어지는 생각을 뒤로하고 입술을 깨물었다. 우선은 얼음 바다를 건너야 한다. 지도를 불러오자 눈앞에 새로운 경로가 반짝였다. 이제 지도에는 보라색으로 반짝이는 'Lunavender' 말고도 'BlackPearl'이 검은색으로 깜박이고 있었다. 얼음 바다를 거의 건너고 있을 즈음 루나벤더는 잠시 멈춰선 뒤 공격 아이템을 확인했다. 이곳을 지나오는 동안 고드름으로 뒤덮인 몬스터 몇 마리를 잡은 것 말고는 별다른 공격이 없었다. 이는 붉은 사막을 지나가기 위해 치러야 할 큰 싸움이 뭍에서부터 시작된다는 것을 뜻했다. 루나벤더는 곧 맞닥뜨리게 될 적의 정보를 불러왔다. 방어보다는 빠른 공격이 효과적이었다. 속도 기준으로 아이템을 확인하던 루나벤더는 가슴 한구석에서부터 몸이 서서히 얼어붙어가는 것을 느꼈다. 헤븐나이츠 세계에서 가장 빠르고 강력한 검인 헤븐소드가 있어야 할 자리가 비어 있었다. 아무리 아이템 화면을 이리저리 돌려봐도 헤븐소드는 보이지 않았다. 분명 겨울 영지를 지나면서 잡은 몬스터로 헤븐소드를 만들었던 거 같은데…. 루나벤더는 갑자기 혼란스러웠다. 급히 화면에 지도를 띄웠다. 마스터가 운영하는 무기 상점은 고레벨 몬스터를 잡아야 좌표를 받을 수 있었다. 그러려면 얼음 바다를 되돌아가서 몬스터를 다시 잡아야 했다. 현재 아이템함에 있는 나이츠소드를 헤븐소드로 업그레이드하는 방법도 있지만, 계산해보니 80,821루루골드가 부족했다. 루나벤더는 유리크리에게 메시지를 보내기로 마음먹었다. 메시지가 제대로 간다면, 그래서 응답을 해준다면 유리크리가 보낸 포털로 붉은 모래에 바로 도착할 수 있을지도 몰랐다. 하지만 원활하지 못한 신호로 전송 실패라는 알림창만 루나벤더의 시야를 가렸다. 루나벤더는 미동도 없이 가만히 정면을 응시했다. 그러나 아무런 일도 일어나지 않았고 아무도 없었다. 그저 온몸을 스쳐 몰아치는 눈보라와 얼어붙은 해변가가 전부였다. 루나벤더는 한 걸음씩 걸어나갔다. 지금은 앞으로 나아가는 것이 자신이 할 수 있는 전부였다. 루나벤더는 그렇게 블랙펄에게 가는 길만 생각하기로 했다.

*

"루나벤더, 목적지로 이동 중입니다."

"블랙펄과 루나벤더 위치 좌표 연결 상태는 어떤가요?"

고유리는 상황실 전면을 가로지르는 스크린을 주시하며 연구원에게 되물었다. 프로그램 코드가 흐르는 화면을 확인하며 연구원이 답했다.

"다행히 붉은 모래 지도를 루나벤더가 바로 수락

해서 제시간에 연결될 수 있었습니다. 정말 아슬아슬했어요. 현재 좌표 상태는 안정적입니다만, 허락된 연결 시간이…."

눈치를 보며 말을 흐리는 연구원을 향해 고유리는 말없이 고개를 끄덕이며 화면에 보이는 루나벤더를 주시했다. 루나벤더는 마지막 퀘스트를 성공하지 못하고 있었다. 벌써 같은 구간을 여러 번 반복하고 있었으나, 새 게임이 시작되면 일부 탐험 기억들의 연결이 끊어지는 현상 때문에 이전 퀘스트의 기억을 착각하고 있을 수도 있었다. 이번 탐험에서 루나벤더는 헤븐소드를 얻지 못했다. 문제였다. 얼음 바다를 건너고 있으나 헤븐소드가 없다면 블랙펄에게 도착하는 시간이 그만큼 부족하게 될 것이었다. 고유리는 패드를 빠르게 두드리며 게임 시뮬레이션 시간을 계산했다. 루나벤더에게 헤븐소드를 바로 보내기 위해 게임 코드를 새로 적용하는 것과 헤븐소드를 구매할 수 있는 루루골드를 상황실에서 직접 충전해주는 것 둘 중에 어떤 것이 시간을 더 절약할 수 있을 것인가. 고유리는 조건을 달리해서 시뮬레이션 시간을 계산했으나 결과는 절망적이었다. 루나벤더와 블랙펄이 허락된 시간 안에 게임 밖으로 나오기에는 두 방법 모두 불가능했다. 고유리는 압박이 느껴지는 미간을 문지르며 천천히 숨을 내쉬었다. 침착하자. 다시 생각해. 방법은 있어. 고유리는 상황실 옆에 마련된 게임 치료실로 시선을 돌렸다. 투명한 벽으로 둘러싸인 치료실에는 머리가 희끗한 노년의 여성 두 명이 양 눈썹 옆에 헤븐나이츠 게임 접속기를 부착한 채, 테스트 베드에 누워 있었다. 고유리는 상황실을 나와 치료실로 향했다. 나란히 위치한 테스트 베드 사이에서 고유리는 잠시 그들을 내려다보고는 곧 머리맡에 놓인 스크린을 확인했다. 생체 신호는 모두 안정적이었다. 예상보다 길어지고 있었지만 둘은 잘 버텨주고 있었다. 테스트 베드 양 끝에 두 사람의 이름과 현재 상태가 흐르는 작은 패드가 놓여 있었다.

이름: 백진주(헤븐나이츠 접속 아이디: 블랙펄)

상태: 감각 동기화 모드 접속으로 의식 연결 중

백진주(블랙펄)는 뇌신경 신호 이상 질환자로 신경 전달 개선을 위한 헤븐나이츠 기반 게임 치료 중이었으나, 치료 시뮬레이션 중 의식 연결이 불안정해지면서 예정된 치료 접속 시간 초과. 1차 의식 불명 판정 이후, 게임에 연결된 의식이 추적되어 현재 의식 귀환 치료 중. 의식 귀환을 위해 법적 보호 대상에서 제외된 타 플레이어의 의식을 연결 중이며, 의식 연결 타이머 작동 중

주의: 의식 귀환을 제외하고는 현재 연명 치료 중

고유리는 이마에 파인 흉터가 있는 여성의 머리를 매만지며 속삭였다.

"진주야, 조금만 더 기다려줘. 보라가 가고 있어."

고유리는 이제 백진주 옆의 테스트 베드로 자리를 옮겼다. 해당 테스터에 대한 정보들이 패드 화면에 가득 찼다.

이름: 문보라(헤븐나이츠 접속 아이디: 루나벤더)

상태: 감각 동기화 모드 접속으로 의식 연결 중

문보라(루나벤더)는 백진주(블랙펄) 의식 귀환을 위해 치

료용 게임 퀘스트에 법적 보호 대상에서 제외된 타 플레이어로 의식 연결 참여 중이며, 의식 연결 타이머 작동 중

주의: 제한된 시간이 초과되었을 경우, 연결 갱신 여부에 대한 결정은 백진주 연명 치료 연장 여부에 따르며, 헤븐나이츠 이사진과 합의한 합의문에 따라 의식 귀환에 실패할 경우 백진주의 의식 귀환을 위한 연결은 강제 종료될 수 있음

의식 연결. 강제 종료. 화면에 흐르는 글자를 되짚어보는 고유리의 두 눈이 천천히 감겼고 금세 눈물이 고였다. 아랫입술을 깨물어봤지만 가늘게 떨리며 얼굴로 번져가는 슬픔을 막을 수 없었다.

문보라(루나벤더). 헤븐나이츠 게임을 감각 동기화 가상현실 게임으로 자리 잡게 만든 장본인. 문보라는 현실에서는 테스트 베드에 누운 채, 의식은 헤븐나이츠 게임 속 루나벤더로 접속 중이었다. 고유리는 테스트 베드 앞 의자를 빼내 앉고는 누워 있는 문보라의 손을 두 손으로 잡았다. 세월의 흔적이 고스란히 새겨져 있는, 잔주름 가득한 작은 손이었다.

고유리는 기억했다. 절망에 빠져 있던 자신의 손을 잡아줬던 문보라의 따스함을. 그 온기는 지금 맞잡은 두 손에도 여전히 가득했다. 그런 문보라에게 이제는 자신이 힘이 돼주어야 했지만 고유리는 막막하기만 했다.

"내가 뭘 해야 하는 걸까? 나한테 말 좀 해줘, 보라야."

흐느끼듯 떨리는 고유리의 목소리가 치료실에 울려 퍼졌다. 하지만 문보라는 평온한 표정으로 말없이 누워 있을 뿐이었다. 고유리는 백진주 그리고 문보라와 함께 손잡았던 때를 떠올렸다. 크기도 부여잡은 힘도 모두 달랐지만 온기로 채워졌던 손. 헤븐나이츠 게임을 셋이 직접 하나씩 만들어가며 서로를 더 알게 되고 이해할 수 있던 시절이었다. 고유리는 문보라, 백진주와 함께 지내기 시작했을 때를 떠올리고는 눈물을 닦으며 회상에 잠겼다. 헤븐나이츠 게임을 모조리 꿰고 있으면서 게임 개발에 몰두하던 백진주를 눈여겨보던 문보라가 그를 게임 연구소에 데려온 것이 그 시작이었다. 헤븐나이츠를 국제적으로 널리 알리며 성공한 여성 기업인으로서 문보라는 여성 기술인을 지원하는 데 많은 노력을 퍼부었다. 그런 문보라의 의지를 굳건히 지켜주고 결단력과 실행력에 힘을 더해준 이는 고유리였다. 그렇게 점차 자리 잡을 수 있었던 여성 기술인 지원 및 장학 재단으로 능력 있는 많은 여성 기술인이 시장에 진입하게 되었고 서로를 끌어주었다. 지원 대상에 선정된 백진주와의 인연이 각별하게 이어졌던 것은 게임 연구소를 성장시킨 고유리와 백진주의 일 궁합이 좋기도 했지만, 헤븐나이츠를 자신의 전부로 여기는 에너지들이 어느새 각자를 이어주는 큰 고리가 되어 그들의 삶 자체를 묶어줬기 때문이었다.

공격과 전술에 능한 문보라, 아이템 선별과 퀘스트 수행 속도가 남다른 백진주, 방어선 구축과 팀 조직에 한몫했던 고유리까지. 헤븐나이츠 치료 제작자로서의 익숙함과 함께 그들은 플레이어 역량에서도 최고였다. 이들의 역량만큼 섬세하게 설계된 맞춤형 퀘스트는 매번 새로운 재미를 선사했기에 헤븐나이츠는 기존 게임을 압도적으로 능가할 수 있었다. 감각 동기화 가상현실 게임인 헤븐나이츠가 제공하는 실제적이고 더 생생한 게임 플레이도 훌륭했지만, 게임 유저들의 오랜 신뢰를 끌어낸 것은 온라인 멀티플레이 시, 게임 플레이어 간의 공격적인 언행과 불링을 차단하는 필터 기능 덕분이었다. 특히 여성 플레이어들의 전폭적인 지지를 받은 이 기능으로 각 플레이어 그룹들은 타 게임에서 느끼지 못했던 안전하고 편안한 플레이를 즐길 수 있었다. 플레이어 그룹의 새로운 니즈를 발견한 것은 이를 유심히 눈여겨보던 백진주였다. 퀘스트에 따른 아이템 기획과 개발에만 몰두해 있는 백진주가 문보라와 고유리를 개발실로 부른 것은 이례적인 일이었다. 백진주는 평소 메시지로만 주로 소통하던 자신의 호출에도 한걸음에 달려온 언니들, 문보라와 고유리를 슬쩍 쳐다보며 이마의 흉터를 매만졌다. 잠시 침묵이 흐른 후, 백진주는 경쟁이 아닌 도움에 재미 요소가 충분히 있다고 힘주어 말했다.

"이건 쿠폰 같은 거야. 위험할 때 탈출하라고 서로 지켜주는 프리패스 쿠폰."

백진주의 아이디어로 적용된 '랜덤 SOS'는 퀘스트 성공을 위해 플레이어 그룹 간에 보내는 랜덤 메시지의 형태로 시작했다. 초반에는 메시지 수신 타깃이 레벨이 높은 마스터급 플레이어로 몰리는 부작용이 생겼지만, 유저들의 게임 성향 패턴 분석으로 적절히 수신 타깃을 설정해줌에 따라 안정적으로 자리 잡았다. 주로 퀘스트 성공 막판을 가름 짓는 아이템 나눔이나 이를 구입할 수 있는 헤븐나이츠 통화 루루골드를 보내는 것이 대표적이었다. 헤븐나이츠에 접속 중인 누군가가 보낸 아이템과 루루골드로 예상치 못한 곤경을 벗어났기 때문에 *랜덤 SOS* 사용량은 유저들이 서로 도움을 주고받는 만큼 점점 더 증가했다. 아이템 구매나 충전으로 인한 수익도 비례하여 증가했음은 물론이었다.

　　헤븐나이츠 게임은 기본적으로 오픈 월드였지만 유저별 맞춤 퀘스트로 거점 확보가 충돌하는 일은 드물었다. 이런 세분화된 플레이 영역과 *랜덤 SOS* 덕분에 유저들은 같은 팀이 아니어도 누군가가 보낸 도움 요청에 서로의 아이템을 주고받는 문화를 만들어냈다. *랜덤 SOS*를 토대로 한 이런 자생적인 성장을 바탕으로 생겨난 다양한 문화 역시 헤븐나이츠만의 특징이었다. 혼자 또는 다수 플레이어로 즐기는 헤븐나이츠 게임에서는 그룹, 즉 자체적으로 길드를 만들어 플레이하는 유저들 사이에 *랜덤 SOS*를 이용한 그들만의 암호 같은 인사말, '친애하는 헤븐나이츠 자매들'이 성행했다. 이런 인사는 유행처럼 주로 여성 게이머들을 중심으로 시작되었는데, 일분일초가 아쉬운 긴급상황일 때, 혹은 다른 플레이어에게 부당하게 공격당하고 있을 때, 급박한 상황을 알리는 것이 그 역할이었다. 이 암호를 받은 유저는 보는 즉시 발신인에게 도움을 줘야 했고 이는 유저들 간의 암묵적인 일종의 규칙이었다. 각 길드가 연합하여 그들의 아이템과 루루골드를 주고받으며 그룹이나 개인 간의 공격을 적극적으로 반대하는 새로운 게임 플레이. 기존 게임 문화가 조금씩 바뀌는 이런 혁신은 헤븐나이츠만의 자랑 중 하나였고 그렇게 이들은 국제적으로 게임 대국의 위상을 높였다는 평가를 받으며 가상게임과 미디어 시장을 석권할 수 있었다.

　기도하듯 문보라의 손을 잡고 있던 고유리는 *랜덤 SOS*를 떠올렸다. 반드시 성공해야 하는 퀘스트를 위해 보내는 구조 요청. 유저들끼리의 긴급한 상황을 알리는 암호 같은 인사말.

　"그래, 내가 왜 이 생각을 못 했지?"

　고유리는 문보라의 손을 조심스레 내려놓고 황급히 상황실로 몸을 돌렸다. 패드를 두드리며 상황실로 들어선 고유리가 연구원을 향해 빠르게 말을 쏟아냈다.

　"현재 접속 중인 헤븐나이츠 유저 데이터 좀 저한테 보내주세요."

　"루나벤더와 블랙펄만 연결 중인데요?"

　"아니, 귀환 치료 시뮬레이션 말고, 지금 헤븐나이츠에 활성화된 유저들."

　"접속 유저는 갑자기… 왜?"

　"*랜덤 SOS* 사용 누적 순으로 모아서 전체 메시지 발송 모드로 부탁할게요."

고유리는 패드에 전송된 발송창을 보며 메시지를
입력하기 시작했다.

오랜만입니다. 친애하는 헤븐나이츠 자매….

고유리가 인사말을 채 마무리하기도 전에 통화연
결창이 화면을 채웠다. 화면에 뜬 발신인을 확인한
고유리는 연결을 부재중으로 돌렸다. 메시지를 다시
입력하려고 했지만 통화연결은 이제 긴급 모드로 바
뀌어 다시 메시지창을 덮었다. 화면에서 깜박이는
발신인 이름, 백제강을 보며 고유리가 나직이 중얼
거렸다.

"젠장."

백제강이 왜 전화를 걸어왔는지 깨닫자 고유리는
한숨을 쉬면서 통화연결을 선택했다. 상황실 한구석
에 놓인 스크린에 백제강이 보였다. 잔뜩 얼굴이 구
겨진 고유리를 향해 백제강이 말했다.

"고 대표, 사람이 좀 웃는 얼굴로 있으라고 몇 번
을 말하나. 참."

표정 변화 없이 잠자코 자신을 노려보는 고유리를 무시하며 백제강이 말을 이었다.

"곧 이사총회 열리는데 그렇게 비비적거리고 있나? 준비해야 할 것들이 많을 텐데?"

"알아서 하고 있으니까 신경 끄―."

"진주 걔 연결 끊는 날이 당장 내일인데?"

매번 상대방 말을 잘라먹는 것도 그렇지만, 고유리는 진주에 대한 이야기를 마치 남 일 대하듯 하는 그 덤덤한 말투에 진절머리가 났다. 친오빠라는 사람이 어쩜 저럴까. 동생이 당장 내일 의식 연결이 강제 종료되고 연명 치료마저 중단되게 생긴 상황이라면 어떻게든 살리려고 시위를 해도 모자랄 판에. 고유리는 고개를 절레절레 흔들었다. 백제강이 원하는 것은 그저 진주 명의로 된 재산권뿐이란 것을 애초에 알고 있었고, 그런 그의 목적을 막으려면 한시라도 빨리 문보라가 마지막 퀘스트에 갇힌 진주를 구하고 둘의 의식이 안전하게 현실로 돌아와야 했다. 고유리는 심호흡을 했다. 쓰레기에게 화를 내거나 감정을 보이는 것은 일분일초가 아쉬운 지금 절대

하지 말아야 할 소모적인 일이었지만 고유리는 치밀어 오르는 화를 참지 못했다.

"진주 의식 치료는 우리가 한다고 했잖아. 당신이 연명 치료 연장 동의만 했어도—."

"이사진들 모이니까 고 대표도 시간 맞춰 오는 게 좋을 거야. 곧 보자고."

고유리의 말을 무시하는 백제강의 말투는 덤덤했다. 연결이 끊어졌다. 뭐가 그렇게 당당하고 여유로운 걸까. 진주의 의식 연결을 종료한다는 걸, 마치 짐짝 하나 치우는 것처럼, 홀가분하다는 듯이. 고유리는 멍하니 상황실 스크린을 바라보았다. 백진주의 의식 연결 강제 종료일을 하루 앞둔 지금, 헤븐나이츠 이사진들은 형식적인 마지막 확인 절차를 위한 회의를 소집했다. 초조하게 두 손을 매만지며 고유리는 마음을 가라앉히려 노력했다. 20여 년의 세월이었다. 법적인 보호자라는 명분으로 백제강은 진주를 놔주지 않았다. 가족을 선택할 자유가 당시 진주에게 있었다면 어땠을까. 절대 백제강을 가족으로 선택하지는 않았을 것이다.

174

혈연과 이성 간 혼인 중심의 가족만 법적 보호를 받을 수 있던 예전과 달리, 지금은 원하는 이와 가족을 이룰 수 있는 세상이 되었다. 동성, 비혈연, 비혼 그리고 비성애 구성원으로 이뤄진 가족 신청법이 진통 끝에 결국 시행되었다. 그러나 신규 가족으로 등록하여 진주와 가족을 이룬 문보라와 고유리에게 백제강의 벽은 예상 밖으로 거대했다. 가족권 분리에 있어 혈연관계 가족의 동의는 필수였다. 법적 권리에서도 기존 가족의 권리가 신규 가족보다 더 우선시되었다. 백진주를 방치하던 백제강이 갑자기 보호자 운운하며 끈질기게 구는 것도 그런 이유였다. 가족권 분리 동의서에 서명하지 않는 한, 그는 계속 진주의 법적 가족으로 남을 수 있었고 그것은 하나 남은 그의 강력한 권리였다. 표면적으로는 진주의 병세나 치료를 이유로 들고 있었지만 그건 누구나 아는 핑계였다. 백제강의 목적은 하나였다. 백진주의 유산. 문보라와 고유리는 백진주의 치료 동의 및 상속 관련 법적 권리에서 완전히 백제강을 끊어낼 방법을 개정된 신규 가족 등록법에서 찾았지만 문제는 시점이었다. 백진주의 의식이 치료를 위해 접속했던 게임에 갇혀버렸고, 백제강은 더 이상 진주의 연명 치료를 연장하지 않겠다고 선언했다. 개정법에 맞춘 가족 신청서가 효력을 발휘하려면 백진주와 문보라의 서명이 필수였다. 백진주의 의식이 돌아오지 않도록 연명 치료를 중단하겠다는 백제강의 결정은 백진주가 가진 헤븐나이츠의 지분은 물론 권리까지 자신이 행사하겠다는 선언과도 같았다.

고유리는 문보라가 주고 간 문서들을 열고 패드를 두드렸다. 혹시 모를 일을 대비하여 준비했다는 문서들이었다. 고유리는 처음에 그 문서를 받지 않으려고 했다. 자신이 그걸 받으면, 백진주를 잃을 수 있다는 가능성을 스스로 받아들이는 것만 같아서. 고유리는 의식 연결을 앞두고 문보라가 건넸던 말을 떠올렸다. 문보라는 고유리의 손을 잡으며 결연한 표정으로 입을 열었다.

"언니, 난 꼭 돌아올 거야. 진주와 함께."

아직도 귓가에 문보라의 목소리가 생생히 들리는 듯했다. 고유리는 치료실에 누워 있는 문보라와 백진주를 돌아봤다. 손만 뻗으면 닿을 수 있을 정도로 테스트 베드는 가까웠고, 고유리 자신도 문보라와 백진주 사이에서 언제든 손을 맞잡을 수 있었다. 이렇게 가까이 있는데…. 고유리의 눈앞이 흐려졌다. 현실에서의 물리적 거리는 가까웠지만 그들의 의식은 손끝 하나 닿지 못할 만큼 멀리 있었다.

*

눈보라가 멈췄다. 루나벤더가 손짓하자 눈앞에 반투명한 스크린이 나타났다. 블랙펄과의 거리가 얼마 남지 않았지만 얼음 바다에 들어섰던 아까와 달리 블랙펄의 신호가 약했다. 루나벤더는 블랙펄에게 다이렉트 메시지를 보내기 위해 메시지 호출을 선택했지만 아무런 답도 오지 않았다. 아마 메시지 자체가 전송되지 않는 듯했다. 루나벤더는 한 번 더 호출을 하려다 몸이 더워지고 있는 것을 느꼈다. 얼음 바다를 지나 붉은 모랫길에 들어선 것이다. 복장 변경을 선택하자 온열 광선 슈트는 열방출 보호 슈트로 변했다. 열기에 흔들리는 시선을 바로잡아주는 교정 고글도 잊지 않았다. 얼음 바다가 끝나자마자 시작될 거라 생각했던 전투는 루나벤더의 예상과 달리 아직 시작하지 않았다. 자신을 따라다니는 소환수 용 몇 마리를 정찰 모드로 바꿔 주변에 보냈다. 폭풍 전야처럼 고요한 모랫길은 곧 붉은 모래만이 가득한 사막으로 변했다. 내리쬐는 강렬한 태양을 피해 보호 강도를 좀 더 올렸지만 체감상 큰 변화가 없었다. 의식 연결 제한 시간이 막바지에 이르렀을 때 공통적으로 보이는 현상이다. 루나벤더는 갈증을 느끼고 아이템함을 열어 수분을 보충했다. 그러나 입이 말라가는 느낌은 그대로였다. 견뎌야 했다. 루나벤더는 입술을 깨물었다. 블랙펄이 표시된 지점을 향하던 루나벤더의 눈에 작은 발자국이 들어왔다. 발자국은 느리게 생겼다가 멀리 달아나는 것처럼 순식간에 사라지기도 하면서 마치 자기를 따라오라는 듯이 루나벤더의 주위를 맴돌았다. 발자국들은 발바닥 모양이었다. 발바닥. 루나벤더는 유난히 발바닥 스티커를 좋아했던 진주를 생각했다. 바닥에 붙여진 발바닥 스티커 외에는 발을 대지 않으려고 이리저리 몸을 배배 꼬던 진주. 발바닥 스티커는 불안해진 마음을 달래는 진주만의 방법이었다. 어른이 되어서도, 머리가 희끗해진 뒤에도, 진주는 방 한가득 발바닥 스티커를 붙였다. 발바닥이 아닌 땅을 밟을 때마다 좁은 방에서 뒤엉켜 깔깔대며 즐거워했던 우리. 그때 희미하게 초침 소리가 들리기 시작했다. 루나벤더는 점점 커져가는 소리에 신경을 집중했다. 곧 시야에 반투명한 숫자들이 나타났다. 타이머였다. 헤븐나이츠와 현실의 시간은 달랐지만 타이머는 현실처럼 1초씩 거꾸로 흐르고 있었다. 제한된 시간이 가까워져 오고 있다는 뜻이었다. 이곳에서는 땀이 나지 않는다는 걸 아는데도 등줄기로 식은땀이 흐르는 것만 같았다. 불안한 마음은 의식 연결에도 영향을 준다. 심호흡을 하며 루나벤더는 블랙펄에게 온 정신을 집중했다. 루나벤더의 어깨에 정찰을 다녀온 소환수들이 차례로 빨려 들어갔다. 소환수가 몸에 흡수될 때마다 지도에 몬스터들이 표시되었다. 붉은 모래의 길을 지나면 나오는, 블랙펄이 자신을 기다리는 곳.

그곳에 노란 빛깔의 안개가 깔리고 있었다. 최종 몬스터의 기운이다. 루나벤더는 전의를 가다듬었다. 지도에 보이는 부하 몬스터들을 다 잡아내면, 그래서 루루골드가 쌓인다면 그걸로 헤븐소드를 장착할 수 있을 것이다. 블랙펄 귀환 퀘스트를 어떻게 성공시켜야 하는지는 알고 있었다. 최종 몬스터를 헤븐소드로 처리해야 한다. 빠르고 강력한 단 한 번의 공격으로 끝내는 것이다. 루나벤더의 귓가에 북소리가 들렸다. 몬스터가 가까이 있다는 소리였다. 루나벤더는 칼을 빼 들었다. 주위로 반짝이는 라벤더색 입자들이 흩날렸다.

"치료 게임 시뮬레이션상의 플레이어가 계속 기억을 잃지 않도록 외부에서 조절해야 한다는 점이 오히려 고 대표의 제안을 받아들이기 어렵게 만듭니다. 물론 이사회장이 공석이기 때문에 고 대표가 대리 권한을 갖고 있기는 하지만, 결정 권한까지 있는 것은 아니지 않습니까."

커다란 회의실을 가득 채운 이사진 중에 차례가

된 발언권자가 말했다. 고유리는 입술을 깨물었다. 뭐라 말을 하려는 고유리를 향해 조정석이 제지하는 손짓을 보냈다. 조정석은 문보라에 대립하는 이사진 중 한 명이었다. 고유리가 이에 굴하지 않고 살짝 손을 들자 발언권자 대신 조정석이 말을 이었다.

"오늘 이 자리를 마련한 것은 문보라 이사회장이 이사진과 합의한 것을 기준으로 추후 진행을 확실히 하기 위한 것이지, 다른 의미는 없다고 봐야 합니다. 그간 고 대표가 계속 요청했던 핵심은 문보라 이사회장의 게임 치료 참여 시간을 늘려달라는 것 아니겠습니까. 하지만 벌써 시일이 많이 지났습니다. 이사회 규정에 나와 있습니다. 이사회장은 이사진과 회사 운영에 있어 어떤 비밀도 없어야 하고, 일정 기간 동안 자리를 비우지 말아야 한다. 공석으로 인해 회사에 부정적인 영향을 끼칠 경우, 해임 또는 이사진 합의에 따라 그에 상응하는 결과를—."

이번에는 고유리가 조정석의 말을 끊고 입을 열었다.

"아직 상용화되지 않은 의식 연결에 문보라 이사

회장이 자원했고, 의식 귀환을 위한 게임 치료 연구를 승인하여 지금까지 지원해준 이사회에 감사드리고 있습니다. 방금 지적한 합의문에 따른 연결 기간 연장의 어려움도 충분히 이해하고 있습니다만, 문보라 이사회장의 귀환 프로젝트는 단순히 개인을 위한 것이 아닙니다."

고유리는 잠시 말을 끊고 화면에 그간의 의식 연결을 통한 게임 치료 연구 자료들을 띄웠다. 게임 치료로 효과를 봤던 뇌신경 관련 질환자들의 뇌신경 신호 전달 개선 효과 데이터들이 안정적이었다는 점들을 설명하며 고유리는 말을 이었다.

"지금도 치료가 진행 중인 환자들이 많이 있습니다. 헤븐나이츠는 가상현실 게임에서 독보적인 우위를 다져왔습니다. 감각 동기화를 기술적으로 안전하게 그리고 강력하게 구현해냈기 때문에 게임 치료라는 새로운 시장을 열 수 있었던 것입니다. 뇌신경 신호 전달을 강화하거나 개선하는 치료용 게임 개발은 헤븐나이츠의 사회 기여에 중심적인 역할을 해왔습니다."

아무도 입을 열지 않았다. 문보라가 회사에 기여한 점은 분명 모두 동의하는 바였다. 고유리는 침 삼키기도 뻑뻑한 마른 입에 앞에 놓인 물을 흘려 넣었다. 나이가 들수록 입이 더 꺼칠하게 된 것도 있었지만, 문보라의 의식 연결 연장을 설득해야 하는, 그래서 진주가 의식 불명에서 돌아올 수 있는, 마지막 기회일지 모를 이 자리의 중압감이 고유리의 목을 바짝 마르게 하고 있었다. 잠시 목을 축이는 고유리를 기다리지 않고 다음 발언권자가 말했다.

"게임 치료를 위한 시뮬레이션상에서 타인과의 의식 연결이 설사 반드시 해결해야 하는 불가피한 사안이라 했을지라도, 애초에 무리한 진행이지 않았습니까? 이를 감수하고 문보라 이사회장이 자발적으로 나선 거고요. 이는 일종의 강제 결합입니다. 회사의 게임 치료 연구보다는 사적인 목적을 위해서입니다."

고유리는 주위를 둘러본 후 다시 말을 이었다.

"게임 치료 시, 게임 캐릭터와 연결된 의식이 제대로 된 신호를 주고받지 못하는 등의 문제로 게임 치료가 가능한 그룹에는 제한 조건이 마련되어 있습니다. 문보라 이사회장은 게임 치료 참여가 가능할 수 있도록 참여 환자 그룹의 확장을 장기적으로 모색했고, 이 부분은 이사회에 지속적으로 요청해오고 있던 바입니다. 의식의 상호교환이 가능하게 된 것은 그간 노력으로 이룬 소중한 성과입니다. 서로의 시그널을 결합하여 길을 잃은 의식을 찾을 수 있도록 해주는 이 새로운 치료법은 게임을 통해 뇌질환 치료가 가능해진 지금, 더 다양한 환자들의 치료에도 응용될 수 있는 열쇠가 됩니다. 현재 이 치료를 절실히 원하는 많은 환자와 이를 기다리는 가족들이 있습니다. 헤븐나이츠는—."

고유리의 말을 자르며 조정석이 말했다.

"가족이라고 말씀하시니 말이 나온 김에 짚고 넘어가겠습니다. 헤븐나이츠를 설립하고 토대를 마련한 세 분의 공을 무시하겠다는 건 아니지만 그 가족이라는 명분이야말로 지금 문보라 이사회장의 목적이 사적이라는 것의 반증 아닙니까?"

고유리는 올 것이 왔다는 기분이 들었다. 조정석

은 멈칫하고 있는 고유리를 힐끗 바라보며 말을 이었다.

"백진주 전 연구소장의 의식 귀환 프로젝트는 가족을 구한다는 명분 아래 무리해서 진행되었습니다. 백 소장의 공석은 현재 고 대표가 겸임하고 있으나, 엄밀히 말해 이런 승계 구조를 사규로 정립시킨 것에 가장 앞장선 분들이 세 분들 아닙니까?"

조정석은 이제 문보라와 백진주, 고유리가 사적인 이익을 위해 회사를 이용했다는 암시까지 주며 이사진들을 몰아가고 있었다. 고유리의 손이 가늘게 떨렸다. 가족 이야기가 나왔을 때, 조정석의 말을 끊어야 했지만 의자에 앉은 채로 아득히 땅속으로 빨려 들어가는 기분이었다. 잠시 멍해 있던 고유리가 답했다.

"백진주 소장의 공석을 맡게 된 것은 적법한 절차에 따른 것입니다. 헤븐나이츠가 게임 치료 연구에 큰 방향을 잡은 만큼 기존 버전의 헤븐나이츠 게임에 대한 이해도 등, 수행 역량을 기준으로 제가 백진주 소장의 공석을 책임져왔습니다. 이사회 추천으로 다른 연구 대표 후보들과 연구 실적 등을 가지고 심사를 거치기도 했고요. 특히 조정석 이사가 연구 실적과 그간의 직책 등이 좋다며 강력히 추천했던 후보라 할지라도 헤븐나이츠에 대한, 그리고 게임 치료의 중요성에 대한 이해도가 떨어지는 사람이 연구소를 이끌어서는 안 되었기에 이사진들의 최종 동의 하에 결정된 일입니다."

고유리의 단호한 말에 조정석이 작게 헛기침했다. 고유리는 이사진을 둘러보며 말을 이었다.

"게임 치료는 치료용 게임을 새로 구축하는 것이 아닙니다. 감각 동기화와 의식 연결 호환성이 가장 높은 구버전의 게임 룰대로 플레이어가 움직여야 하기 때문에 외부 상황실에서는 의식 연결 중인 플레이어를 게임상에서 추적하는 방법을 쓰고 있습니다. 익숙한 환경에서의 게임 치료 시, 뇌신경 질환의 대다수를 이루고 있는 노년층의 치료 효과가 극명히 달라졌기 때문입니다. 이를 응용하여 진행하고 있는 것이 현재 문보라 이사회장과 백진주 소장의 의식 연결입니다. 게임 치료 시뮬레이션상에서 치료가 원활히 이뤄지지 않고 있는 환자의 치료 효과를 높이기 위해, 환자 의식과 연결을 담당하는 플레이어는 환자의 신경 신호 증폭에 상호영향을 주고받게 됩니다. 물론 감수해야 할 조건들이 발견되었습니다. 게임 밖, 현실에서의 기억과 뇌 활동이, 게임 속에서는 다른 방향으로 진행되었기 때문입니다. 특히 기억과 관련된 이 부분에 대한 해결책으로 외부 상황실에서는 플레이어의 기억을 단단히 연결시키기 위한 조치를 실시간으로 진행해야 합니다. 타 플레이어가 이전과 다른 뇌 활동을 유지하면서도 환자와의 의식 결합을 통해 특별한 신경 신호를 가졌거나 혹은 신경 신호 전달이 원활하지 못한 환자들의 치료를 게임을 통해 가능하게끔─."

조정석이 고유리의 말을 자르며 입을 열었다.

"이 자리에서 게임 치료 원리를 설명할 필요는 없습니다. 오늘 회의 사안에 집중하겠습니다. 이는 앞으로 진행할 새로운 프로젝트와도 밀접한 연관이 있기에 결정이 필요한 사항은 조속히 마무리되어야 합니다."

"새로운 프로젝트라니, 그게 무슨…?"

고유리는 조정석의 말을 알아들을 수 없었다. 주요 프로젝트를 이사진 협의 없이 진행하겠다고? 회의에 참여 중인 이사진들 모두 그 질문을 들었지만 누구 하나 아는 척하지 않았다. 조정석이 말을 이었다.

"현재 게임 치료에 집중하는 자원은 회사를 위해 좀 더 효율적으로 사용할 필요가 있습니다. 이에 대해 꾸준히 문제 제기가 이루어졌던 것은 다들 알고 계실 겁니다. 헤븐나이츠에는 재도약을 위한 혁신이 필요합니다. 사람들은 게임을 즐겨야 합니다. 낯선 곳으로 모험을 떠나고 모험을 통해 함께 적을 무찌르고 정복해나가야 합니다. 플레이어에게 승률만큼 좋은 목표는 없습니다. 이를 기다려온 유저들을 적극적으로 시장에서 확보해야 합니다."

"헤븐나이츠 플레이어 그룹들의 게임 문화는 자생적으로 만들어진 것입니다. 이를 부정하는 것은 기존의 헤븐나이츠 이념과 완전히 반대되는 겁니다."

고유리가 강하게 비판하자, 조정석이 덤덤하게 대

꾸했다.

"헤븐나이츠가 새로운 게임 문화를 만들었다는 것은 인정합니다. 하지만 벌써 옛날 일 아닙니까."

'옛날 일'에 힘을 주며 강조하는 조정석의 말을 받아 다른 발언권자가 덧붙였다.

"조 이사가 잘 지적했습니다. 게임 시대를 이끈 최초의 여성 세대 출신이라는 옛날 자부심에 사로잡힌 채, 새로운 도약까지 막고 있으면 안 되죠. 헤븐나이츠는 대대적으로 개편되어야 합니다. 이제라도 늦지 않았어요. 게임 치료 연구는 중단하고 다시 게임 본연의 시장에 집중해야 할 때입니다."

조정석은 고개를 끄덕이고는 말을 이었다.

"합의문에 따라 백진주 소장의 의식 귀환 실패 여부와 상관없이 문보라 이사회장에게 승인된 게임 치료 참여 기한은 내일부로 종료합니다. 또한, 종료와 동시에 이사회장 사임 건도 같이 진행하겠습니다."

벌떡 일어선 고유리의 패드로 서류 두 개가 전송되었다.

"고유리 대표를 제외하고 모두 동의했으니 합의문

이행서는 지금 보시면 될 거 같군요. 아, 새 프로젝트 진행 안내서도 함께 보냈으니 같이 보시면 되겠습니다."

패드에 흐르는 문서와 서명자들을 빠르게 훑던 고유리의 눈에 익숙한 이름 하나가 들어왔다. 고유리는 하마터면 패드를 놓칠 뻔했다. 당황한 고유리를 개의치 않고 조정석이 덧붙였다.

"의식 연결 종료에 따른 추후 문제들에 대해서는 회사 차원에서 지원하겠습니다. 이사회장 사임 이후, 다음 분기부터 시작하는 헤븐나이츠 신규 버전 개발을 공식적으로 진행합니다."

조정석의 말이 끝나자 고유리가 외쳤다.

"대체 무슨 권리로! 게임 치료는 헤븐나이츠가 단독으로 진행하고 있는 연구 사업입니다. 그간의 성과만으로도 치료 연장을 조정할 수 있는 근거가 합의문에 분명히 나와 있어요!"

답하려는 조정석을 제치고 백제강이 천천히 일어서며 이사진들을 향해 말했다.

"의식 연결을 무엇 때문에 하고 있습니까? 백진주

를 치료하기 위해서 아닙니까."

"뭐…, 뭐?"

되묻는 고유리에게는 눈길조차 주지 않은 채, 백제강은 여전히 이사진들을 향해 말했다.

"저는 백진주의 가족으로서, 유일한 법적 보호자로서 진주의 연명 치료를 더 이상 연장하지 않겠습니다."

고유리가 소리쳤다.

"가족? 진주가 병원에 있을 때도 얼굴 한 번 안 비쳤으면서 뭐? 가족?"

"그 10년 동안 충분히 고통받았습니다. 말이 연명 치료지, 죽은 거나 다를 바 없지 않습니까."

"진주는 살아 있어!"

백제강이 코웃음 치며 말했다.

"게임 속에서 말이죠."

고유리의 온몸이 부들부들 떨려 왔다. 쓰러질 것 같은 몸을 간신히 지탱하던 그에게 이어진 백제강의 말은 마지막 숨을 끊는 화살처럼 고유리의 가슴에 깊이 박혔다.

"애초에 게임 치료에 동의하는 게 아니었어. 문보라나 당신이 아니었으면 진주가 저렇게 되지도 않았을 거야. 그래도 하나뿐인 동생이라고 내가 오빠로서 어렵게 허락한 건데."

"허락? 가족이라면서 그걸 어떻게 허락이라고 말할 수 있어?"

"내가 아니었으면 문보라가 회사 자원을 끌어가면서 의식 연결을 할 수가 없었지. 게임 치료 합의문에 가족 동의서를 써준 게 누군데?"

고유리는 다리에 힘이 풀리며 그대로 자리에 주저앉았다. 고유리를 향해 조정석이 덤덤히 말을 이었다.

"문보라 이사회장도 이렇게까지 귀환 프로젝트가 길어질 줄은 몰랐을 겁니다. 백진주 소장의 법적 보호자로 지정된 가족은 백제강 씨입니다. 개정된 가족법에 따라 문보라 이사회장과 백진주 소장, 그리고 고유리 대표까지 세 분이 새로운 가족으로서의 법적 보호 효력이 발생하려면 고유리 대표를 제외한 나머지 두 명의 승인이 필수입니다. 연명 치료에 대한 권한 역시 마찬가지입니다. 신규 가족으로 세 분이 등록은 되어 있지만, 연명 치료는 생사가 걸린 중대한 일이고, 이에 관해서는 백제강 씨에게 승인 권한이 우선적으로 주어집니다. 그간 가족 신청을 위해 많은 노력을 해오셨으니 굳이 이야기하지 않아도 이미 잘 아는 내용일 거라 생각합니다."

조정석은 잠시 말을 멈췄다가 이사진을 둘러보며 말했다.

"고유리 대표에게 문서가 전달되었으니, 이만 이사총회를 마칩니다."

회의가 끝나자 고유리 주변에 있던 회의실과 테이블, 참여했던 이사진들이 순식간에 사라졌다. 홀로그램 접속 모드가 해지되었지만 작은 접견실에는 아직 백제강이 남아 있었다. 멍하니 앞만 보는 고유리를 향해 백제강이 말했다.

"홀로그램 접속으로 참여하니까 큰일도 이렇게 편하게 처리할 수 있고 정말 세상 좋아졌어. 같이 늙어가는 사이니까 내가 충고 하나 하지. 진주를 놓아주는 게 가족으로서 할 일이야. 게임 치료 사업한다고 이용하지 말라고."

백제강의 말에 천천히 고개를 든 고유리의 눈빛이 이글거렸다.

"가족이라면서! 그런데 진주를 그렇게 쉽게 포기해? 조금만 더 기다리면 진주는 돌아올—."

"정신 차리고. 내일 작별 인사 준비나 해. 시간이—."

백제강의 홀로그램 접속을 강제로 끊은 고유리는 서둘러 상황실로 돌아왔다. 이사총회는 고유리의 예상보다 더 불리하게 돌아갔다. 새로운 프로젝트에 동의를 받기 위해 호시탐탐 기회를 노리던 조정석이 백제강과 손을 잡은 것이 틀림없었다. 패드를 두드려 접속 타이머를 확인했다. 딱 하루가 남았다. 서둘러야 한다. 연명 치료 동의가 없으면 진주의 의식은 강제 종료되고 문보라는 진주를 구하지 못한 채 현실로 돌아오게 된다. 백제강은 헤븐나이츠와 관련된 백진주의 모든 재산권을 자신에게 돌려놓을 것이 뻔했다. 이미 준비를 단단히 하고 왔겠지. 작별 인사 준비나 하라던 백제강의 목소리가 귀에 맴돌았다. 마지막 퀘스트만 남았는데. 우리가 어떻게 여기까지

왔는데. 고유리의 얼굴이 일그러졌다. 서로를 지키기 위해 싸웠던 지난 시간들은 반드시 문보라와 백진주의 귀환으로 보상받아야 했다. 오늘 총회에서 이사진을 설득하지 못하고 진주의 연명 치료마저도 연장시키지 못한 것이 모두 자기 탓인 것만 같았다. 미안해. 내가 망쳤어. 고유리는 그 자리에 그대로 주저앉았다. 조용히 입을 틀어막고 눈을 질끈 감았지만 새어 나오는 울음을 막지는 못했다. 울어서 해결될 일이 아니란 걸 알고 있었지만, 무너지는 감정을 잡기는 어려웠다. 문보라와 백진주와 함께 사진을 찍었던 순간이 생각났다. 머릿속에서 꼬리를 물고 뻗어가는 지난 시간들이 헤븐나이츠에 입사해서 처음 문보라를 마주했던 날을 떠올리게 만들었다.

여성고용 정책의 일환으로 고유리는 헤븐나이츠에서 기획 일을 시작할 수 있었다. 악몽 같던 결혼생활을 끝마치고 힘겹게 일어서던 때였다. 문보라는 헤븐나이츠를 설립한 창립자로서 게임업계에서는 이미 유명한 사람이었다. 눈빛이 살아 있는, 고유리

가 너무나도 동경하던 생기로 가득 찬 강인한 눈동
자. 고유리는 조금씩 그 눈빛을 닮아가고 있는 자신
을 보며 다시 삶을 마주할 용기를 얻었다.

　당시 문보라는 헤븐나이츠를 감각 동기화 기반의
가상현실 게임으로 개발 중이었다. 기술적인 문제보
다 문보라가 주시했던 것은 가상현실 경험성이었다.
가상현실 경험은 실제 세계와 가상 세계 둘 사이의
괴리를 가져와서는 안 되었다. 어떤 기술이든 그것
을 사용하는 사람을 생각해야 한다는 것이 문보라의
철칙이었다. 가상현실 게임에서의 경험은 실제 현실
에서도 유저들에게 건강하고 긍정적인 경험으로 지
속되어야 한다고 생각했기에 그는 헤븐나이츠가 그
런 영향을 주기를 바랐다. 사용성 조사 연구원 출신
이며 아마추어 게이머 상위 랭커였던 고유리는 문보
라가 원하는 지점을 경험을 살린 작은 프로젝트들로
정확히 제시했다. 그렇게 고유리는 헤븐나이츠 리뉴
얼 버전 개발 프로젝트에 투입되었다. 고유리가 백
진주를 만난 것도 그즈음이었다. 평소 텍스트로만
소통하거나 사람을 비스듬히 내려다보는 백진주를

처음에 고유리는 이해하지 못했다. 백진주와 갈등을 보이던 고유리에게 문보라는 백진주에게 스펙트럼 증후군이 있음을 알렸다. 시설에서 지내던 백진주를 문보라가 헤븐나이츠로 데려온 것은 일반인을 능가하는 진주의 집중력과 지능이 이유이기도 했지만, 게임에 두각을 보이는 그의 재능이 시설에 있다는 이유로 인정받지 못하고 있었기 때문이었다. 자신을 있는 그대로 대해주는 문보라에게 백진주는 평생 제대로 느끼지 못했던 인정과 자유를 만날 수 있었다. 고유리가 백진주를 다르게 생각하게 된 것은 그의 배경 때문은 아니었다. 헤븐나이츠에 대한 것이라면, 생기로 가득 차는 백진주를 보며 그의 순수한 열정에 반한 것이다. 본인에게 편안한 방법으로는 일반 사람들과의 접점을 찾기 어려운, 백진주만의 특별한 행동 패턴들도 또 하나의 그였다. 세상을 이해하고 살아가는 방식이 다를 뿐이라는 것을 깨닫자 그들은 금세 같이 나고 자란 자매처럼 끈끈해졌고 그렇게 삶의 동반자가 되었다. 헤븐나이츠를 통해 얻은 자유와 신뢰 그리고 믿음은 그들만의 것이었다.

뇌신경 질환을 보이기 시작하면서 백진주는 수많은 검사를 했지만 정확한 진단을 받지 못했고 상태는 날이 갈수록 악화되었다. 다행히 신경 자극을 직접 가하는 뇌신경 치료를 받을 기회가 있었다. 바로 문보라가 주도하고 있던 게임 치료 테스터가 되는 것이었지만, 이는 의식을 잃을 수도 있는 위험한 시술이었다. 문보라와 고유리는 가족 신청을 서둘렀다. 치료에는 보호자 동의서가 필수였다. 하지만 문보라와 두 사람은 치료에 동의서를 쓸 수 없었다. 신규 가족으로 등록은 되었지만, 그들은 그저 같이 산 지 20년이 넘은 동거인들일 뿐, 서로에게 법적 보호자가 될 수 없었다. 수소문해서 찾은 백진주의 법적 가족인 백제강은 문보라가 제시하는 조건을 따져가며 마지못해 게임 치료 동의서에 서명했다. 그러나 제한된 시간에 백진주는 깨어나지 못했고, 의식 불명이 되었다. 게임에 접속된 백진주의 의식을 추적한 결과 그가 특정 퀘스트에 갇혀 있다는 것을 알게 된 문보라는 주위 반대를 무릅쓰고 백진주를 직접 데려오기 위해 백진주의 의식과 접속하기로 결정했다. 문보라가 백진주의 게임 치료에 참여할 때마다 이사회장 자리는 공석이 되었고, 이사회에서는 불만이 터져 나왔다. 결국 문보라는 백진주의 의식 귀환을 위한 게임 치료에 참여할 수 있는 기한을 승인받기 위해 합의문을 쓸 수밖에 없었다.

귀환 프로젝트에 들어가기 전날, 문보라는 치료실로 고유리를 불렀다. 테스트 베드에 누워 있는 백진주 옆에서였다. 문보라는 그의 손을 부여잡고 말했다.

"진주는 이제 우리가 아는 가족의 의미를 어쩌면…, 기억 못 할지도 몰라. 만약 우리가 아닌 다른 누군가와 가족을 이뤘다면 진주가 더 행복할 수도 있었겠지. 우리가 진주에게 최선이고 그래서 최고라는 것은 욕심일 거야. 상관없어. 언니, 그런 건 정말이지 전혀 중요치가 않아. 중요한 건 지금 진주를 지켜줄 수 있는 사람이 우리밖에 없다는 거야. 진주가 지내왔던 시간을 가장 잘 알고, 앞으로도 그런 시간을 보낼 수 있도록 진주를 인정하고 지켜줄 수 있는 사람. 더 행복하길 바라고 그렇게 되도록 최선을 다할 사람."

말없이 고개를 끄덕이던 고유리가 말했다.

"우린 가족이니까."

문보라가 백진주의 의식에 연결된 후, 고유리는 백진주의 침대 아래 평소 그가 좋아하던 발바닥 스티커를 붙였다. 백진주의 발 크기에 딱 맞는 발바닥 스티커는 한 걸음씩 한 걸음씩 앞으로 나아갔다. 발바닥 스티커의 첫 번째 갈래는 문보라의 침대 앞에, 그리고 두 번째 갈래는 상황실로 이어져 있었다. 고유리는 바닥에 붙어 있는 발바닥 스티커를 요리조리 피하며 상황실과 치료실을 오갔다. 이 발바닥을 처음 밟는 것은 백진주여야 했고 함께 걷는 것은 문보라여야 했다. 고유리는 그렇게 그들을 다시 만나야 했다.

고유리는 바닥에 붙여진 발바닥 스티커를 천천히 쓸어내렸다. 백진주가 좋아하던 까칠한 촉감이었다. 까슬까슬한 표면을 매만지며 고유리는 문보라가 했던 말을 떠올렸고 이내 조용히 곱씹었다. 가족. 우린 가족이니까. 고유리는 손등으로 눈물을 훔치고선 일어나려고 무릎에 힘을 줬다. 끙. 일어날 때마다 관절이 비명을 지르는 나이라는 걸. 매번 몸을 움직일 때마다 깨닫게 된다. 어떨 때는 별것도 아닌 움직임에 놀라는 자신이 어이가 없어 헛웃음이 났다. 고유리는 테이블에 놓았던 패드를 집어 들었다. 루나벤더의 게임 상황을 확인하는 것이 먼저지만, 지금은 헤븐나이츠 유저들에게 답신이 왔는지를 확인하는 것이 더 급했다. 이제 도움을 청할 곳은 *랜덤 SOS*뿐이었다.

*

힘겹게 일어서는 루나벤더를 따라 허공에 있던 타이머도 위로 솟아올랐다. 강렬히 내리쬐는 해를 보며 루나벤더는 약간의 현기증을 느꼈다. 시간만 있다면, 게임 치료를 잠시 중단하고 재충전을 위해 게임 밖으로 언제든 나갈 수 있었다. '접속 해제'라고 명령만 하면 된다. 하지만 지금은 시간이 없다. 퀘스트가 리셋되면 제한된 시간 안에 진주를 데려올 수 없다. 버텨야 했다. 루나벤더는 체력 게이지를 확인했다. 연이은 전투로 게이지는 고갈 중이었다. 에너지 회복을 위한 아이템도 거의 바닥이었다. 그래도 루나벤더는 앞을 보며 엷은 미소를 지었다. 지도를 보지 않아도 블랙펄의 위치가 보였다. 위치 핀이 블랙펄 글씨로 반짝이고 있었다. 루나벤더는 계속 줄어드는 타이머와 반짝이는 블랙펄을 번갈아 바라보았다. 시간은 충분해. 할 수 있어. 곧 루나벤더의 귀에 멀리서 낮게 으르렁거리는 소리가 들려왔다. 최종 몬스터가 아직 루나벤더의 레이더에 잡힌 것은 아니지만 전투 영역에 들어왔다는 뜻이었다. 루나벤더는 마지막 퀘스트를 앞두고 천천히 숨을 내쉬었다. 보호막도 방어력도 지금 상태로는 최종 몬스터를 대적하기에 위험한 수치다. 헤븐소드가 없는 만큼 일격을 바랄 수도 없는 상황이었다. 루나벤더는 에너지 회복을 전투 속도 수치에 모조리 쏟아부었다. 재빠르게 최종 몬스터의 공격을 피하면서 최대한 높은 타격을 줄 수 있는 전략으로 가야 했다. 아무런 보호장비 없이 최종 몬스터를 잡았던 기억이 떠올랐다. 루나벤더는 몬스터의 공격 패턴을 조합했다. 그간 루나벤더의 방어와 공격 패턴이 몬스터의 공격 패턴에 재적용되었을 것이다. 그래도 루나벤더는 자신이 있었다. 최종 몬스터의 공격을 모조리, 단 한 번의 공격도 허용치 않고 피할 수 있다면. 그렇게 된다면 가능했다. 지금의 아이템과 전투력 관련 수치들은 어쩌면 최종 몬스터를 상대하기에 절망적이지만 결코 멈추지 않고 피하지도 않을 것이다. 루나벤더는 바로 앞까지 다가오는 노란 안개를 보고는 양손에 칼을 빼 들었다. 루나벤더의 온몸에 라벤더 빛 에너지가 피어오르기 시작했다.

고유리는 상황실에서 루나벤더의 마지막 전투를 지켜보고 있었다. 아직까지는 몬스터의 공격을 다 피하면서 제대로 공격하고 있었다. 하지만 루나벤더의 반응속도가 언제까지 버텨줄지 알 수 없었다. 몬스터에게 한 번이라도 타격을 입으면 이번 퀘스트는 바로 끝이었다. 고유리는 초조하게 타이머를 확인했다. 고유리는 상황실 연구원에게 다급히 물었다.

"현재 유저들 접속은 어떤가요? 메시지 답장이 잘 안 되는 거 같은데…. 서버는 확인했나요?"

"모두 정상입니다. 오늘 새벽을 기점으로 접속이 조금씩 증가하고 있습니다."

고유리는 연구원의 말에 고개를 끄덕이면서도 패드를 꺼내 수신된 메시지들을 빠르게 확인했다. 메시지 알람이 간간이 울릴 뿐, 헤븐나이츠 구버전 유저들의 움직임은 조용했다. 분명 *랜덤 SOS* 메시지가 전송되고 수신확인도 되었는데…. 고유리는 바짝 마른 입술을 깨물었다. 심장이 터질 것 같았다. 고유리는 루루골드 연결 작업에 한창인 연구원에게 말했다.

"치료 시뮬레이션 현재 섹션이 접속한 유저들 데이터를 호출해야 돼요. 루나벤더 의식과 바로 연결되려면 구버전 헤븐나이츠 유저들의 아이템 데이터가 매개체가 되어야 하고요."

연구원은 고유리에게 걱정 말라는 눈빛을 보내며 답했다.

"의식 호출 매개체 연결되었습니다."

가상현실과 현실을 잇는 다리가 만들어진 것이다. 고유리는 자신이 보냈던 메시지를 다시 읽어보며 조용히 기도했다.

오랜만입니다. '친애하는 헤븐나이츠 자매들.'

헤븐소드로 일격이 필요하지만, 업그레이드를 위해서 현재 80,821루루골드가 부족합니다.

루나벤더의 마지막 퀘스트, 그의 귀환에 함께해주시기 바랍니다. -유리크리

상황실 스크린에 유저들의 접속 내역이 쌓이기 시작했다. 고유리는 빠른 속도로 채워지며 깜빡이는 답변 목록을 보며 연구원에게 말했다.

"접속하고 있는 유저들 분류 부탁드립니다. 보낼 수 있는 루루골드가 어느 정도 되는지. 그리고 하나 더, '친애하는 헤븐나이츠 자매들'로 시작하는 답변 메시지를 보내온 유저들은 따로 모아주세요."

고유리의 요청에 연구원이 빠르게 데이터를 분류하며 정렬했다. 그러나 빠른 손과 달리 연구원은 머뭇거리며 고유리에게 말했다.

"현재 접속이 증가하고 있는 유저들 데이터를 확인한 결과, 루루골드를 현금화하고 있습니다."

"그게 무슨 소리예요?"

연구원은 대답 대신 기사 하나를 고유리 패드로 보냈다. 헤븐나이츠가 신규 버전 개발에 착수했다는 내용과 함께 현재 서비스 중인 구버전을 사용 중인 유저들의 루루골드를 현금화해주겠다는 공식 기사였다. 어떻게든 문보라 없이 신규 프로젝트를 밀어붙일 참인 것이다. 고유리가 타이머를 확인했다. 승인된 시간이 이제 불과 10여 분밖에 남지 않았다. 패드를 들고 있는 고유리의 손이 떨리기 시작했다. 이때 상황실 스크린에 홀로그램 연결창이 떴다. 접속 요청인은 백제강이었다. 백진주의 연명 치료 중단 합의문에 최종 서명을 하기 위해 접속하려는 것이었다. 고유리는 부재중으로 돌리려고 했지만 연결창은 그저 형식적인 통보였을 뿐이었다. 허공에 떠다니던 픽셀들은 상황실과 이어진 치료실까지를 전부 원형 회의실로 만들었다. 문보라와 백진주가 누워 있는 테스트 베드가 중앙에 있었고 그 둘레로 조정석과 회사 법무팀 담당자들이 하나둘 접속하고 있었다. 어느새 백제강은 문보라 옆에 서 있었다. 사내 의료진이 치료실 문을 열고 들어선 가운데, 홀로그램으로 접속 중인 조정석이 고유리에게 다가서며 말했다.

"합의문 진행은 홀로그램 접속으로 진행합니다만, 백진주 소장 연명 치료 중단에 맞춰 치료실에 의료진이 도착할 겁니다. 거의 도착했겠군요."

말없이 상황실 스크린만을 바라보는 고유리를 향해 조정석이 물었다.

"이제 하나씩 종료 준비를 할까요?"

"잠시만요. 아직은 연결 유지 가능한 시간입니다."

감정을 추스르며 대답하는 고유리를 향해 백제강이 말했다.

"10분도 채 안 남았는데?"

고유리는 대답 대신 백제강을 그대로 지나치며 끊임없이 패드를 두드렸다. 아무렇지 않은 척하고 있었지만 속은 전혀 그렇지 못했다. 타이머가 흐르는 동안 조정석과 백제강은 치료실에서 준비 중인 의료진과 함께하고 있었다. 타이머 시간이 얼마 남지 않은 상황에 의료진이 치료실을 가득 채운 것을 보자, 눈앞이 흐려졌지만 고유리는 상황실 스크린에 집중했다. 스크린에 보이는 코드를 볼 때, 루나벤더의 상황은 좋지 않았다. 에너지가 급격히 고갈되고 있었다. 몬스터에게 타격을 입히고는 있지만 이런 식으로 간다면 루나벤더의 반응 속도가 떨어지는 순간 몬스터에게 도리어 타격을 입을 가능성이 컸다. 몬스터 공격을 한 번이라도 맞게 되면 이번 퀘스트는 끝장이다. 말없이 패드만 두드리던 고유리의 손이 멈춘 것은 그때였다. '친애하는 헤븐나이츠 자매들'이란 제목과 인사말을 가진 답장들이 엄청난 속도로 분류함에 쌓이기 시작했다. 각 길드의 장들이 길드원들과 연합해서 보내오는 답장들이었다. *랜덤 SOS* 상황실 스크린에 보이는 루나벤더의 게임 접속 코드들이 순식간에 다른 패턴으로 변했다. 화면 가득 수없이 흐르는 데이터들이 어떤 것을 의미하는지 고유리는 알고 있었다. 루루골드가 루나벤더를 향하고 있었다.

　쉴 새 없이 퍼붓는 몬스터의 공격을 가까스로 피한 루나벤더는 다음 공격을 대비해 잠시 숨을 골랐다. 노란 안개를 뿜어대며 위치를 감추는 몬스터의 공격을 피하기란 여간 까다로운 것이 아니었지만 루나벤더는 몬스터의 다음 공격을 예상하고 움직여야 했다. 갑자기 붉은 모래가 거대한 폭발음과 함께 흩날리기 시작했다. 공격력을 최대로 올리는 몬스터의 에너지, 필살기였다. 이번에 피하지 못하면 정말 끝이다. 타이머를 보니 이제 5분이 채 남지 않았다. 온 신경이 몬스터의 공격 위치에 집중된 가운데 갑자기 루나벤더를 향해 금빛 알갱이들이 쏟아졌다. 몬스터의 새로운 무기인가 싶었으나 자세히 보니 그것은 루루골드였다. 하늘에서 쏟아지는 루루골드가 순식간에 루나벤더의 몸으로 흡수되었다. 루나벤더는 재빨리 아이템함에 루루골드를 충전시켰다. 헤븐 소드를 업그레이드하기 충분한 양이었다. 노란 안개를 뚫고 몬스터가 굉음을 내며 돌진해 오고 있었다.

루나벤더는 몬스터의 정수리를 향해 높이 점프했다. 자신을 향해 내려오는 루나벤더에게 몬스터가 불을 뿜었지만 루나벤더의 헤븐소드가 더 빨랐다. 불길을 가르는 헤븐소드의 일격에 몬스터가 쓰러지고 루나벤더가 사뿐히 그 앞으로 내려앉았다. 거친 숨을 몰아쉬며 루나벤더는 조심스레 노란 안개 속에 들어섰다. 서서히 흐려지는 안개를 헤쳐가며 루나벤더의 눈은 바쁘게 블랙펄을 찾았다. 안개가 걷히고 시야가 선명해졌을 때, 루나벤더는 헤븐나이츠 아이템들로 둘러싸인 작은 동굴 입구를 발견했다. 평소 블랙펄이 좋아하던 아이템들이었다. 입구에 있는 발바닥 모양의 판자를 보고 루나벤더는 미소 지었다. 이름을 크게 부르려는데, 동굴에서 너무나도 그립고 보고 싶던 얼굴이 쏙 튀어나왔다. 블랙펄은 빼꼼히 루나벤더를 쳐다보더니 이내 배시시 웃었다. 루나벤더가 손을 내밀자 블랙펄도 함께 손을 내밀었다. 셀 수 없이 많은 퀘스트들의 반복을 끝내고 마침내 만난 것이었다. 서로의 손을 맞잡은 순간 사방에서 위아래로 강한 빛이 쏟아져 들어왔다. 빛은 그 자체로 거

대한 문이 되었고, 루나벤더와 블랙펄이 빛으로 된 문에 다가가기도 전에 빛이 먼저 그들을 삼켰다. 루나벤더와 블랙펄이 사라진 붉은 사막을 향해 루루골드가 비처럼 쏟아져 내렸다.

타이머는 2분이 채 남지 않았음을 가리키고 있었다. 합의문이 공중 스크린에 띄워졌고, 조정석과 백제강 그리고 법무 관련 담당자들이 의식 연결 종료에 대한 최종 안내를 하는 중이었다. 갑자기 상황실 쪽에서 비명 같은 환호성이 들렸다. 백제강이 소리 나는 쪽을 돌아봤을 때, 고유리와 연구원들이 치료실을 향해 달려오고 있었다. 의아한 표정으로 백제강은 백진주를 내려다보았다. 잔주름이 가득한 백진주의 입술 끝이 살짝 움직였다. 백제강이 움직임을 다시 확인하려는 순간, 눈썹 옆에 부착된 혜븐나이츠 접속기의 색이 검은색으로 바뀌었다. 백진주가 눈을 떴다. 백제강의 입이 떡 벌어졌다. 백제강은 서둘러 문보라를 돌아봤다. 접속기가 보라색으로 빛나면서 이내 문보라도 눈을 떴다. 항상 의연하고 강인했던 눈빛 그대로였다. 얼굴이 일그러지는 백제강을 제치고 고유리가 치료실로 들어왔다. 문보라와 고유리의 눈이 마주쳤다. 문보라는 천천히 몸을 일으키며 고유리에게 물었다.

"진주는?"

고유리가 치료실 옆 상태 스크린을 확인하고는 백진주를 가리키며 문보라의 말에 답했다.

"의식이 돌아왔어. 회복에 시간이 걸리긴 하지만 곧 일어날 수 있을 거야."

문보라는 눈을 천천히 깜빡이고 있는 백진주를 잠시 바라보다 고유리를 향해 말했다.

"내가 주고 갔던 서류 좀 화면에 띄워줘."

조정석과 백제강은 뭐라 말을 하려 했지만, 아무런 소리도 나오지 않았다. 고유리가 스크린에 띄운 것은 신규 가족 확인서였다. 서명이 끝나자 고유리는 문서를 백진주에게 보냈다. 백진주의 서명까지 완료되자 화면에 고유리와 문보라, 백진주의 개인 폴더가 보였고 가족 등본이 각각의 폴더로 빨려 들어갔다. 치료실에 안내 음성이 울려 퍼졌다.

귀환 프로젝트가 연결 종료를 1분 22초 남기고 성공적으로 마무리되었습니다. 문보라와 백진주의 서명이 전송되어 지금 시점부터 개정된 가족법 아래 신규 가족으로서 법적 효력이 발생합니다. 이에 따라, 백제강은 기존 가족권과 관련된 법적 보호자 및 대리인으로서의 모든 권리가 박탈됩니다.

백제강이 문보라를 향해 손을 뻗었지만, 무수히 많은 픽셀 조각으로 허공에 흩어지며 홀로그램 접속에서 강제 종료되었다. 조정석이 문보라를 향해 다가갔다. 하지만 곧 그도 백제강과 같은 신세가 되었다. 접속에서 차단되는 조정석을 향해 문보라가 말했다.

"신규 프로젝트 진행을 독단적으로 끌어간 점에 대해서는 곧 이사총회를 소집하겠으니 그때 보죠."

홀로그램이 순식간에 사라지고 치료실에는 문보라, 백진주, 그리고 고유리 세 명만이 남았다. 자신을 향해 다가오는 문보라와 고유리를 보며 백진주가 미소 지었다. 고유리는 바닥에 붙여진 발바닥 스티커를 하나 떼어 백진주에게 건넸다. 물리치료를 받으며 회복 시간을 충분히 가진다면 백진주는 곧 발바닥 스티커를 밟으며 언니들에게 다가갈 수 있을 것이었다. 고유리는 문보라에게 고개를 돌려 말했다.

"네가 진주를 구했어!"

문보라는 고개를 저으며 대신 백진주를 향해 답했다.

"*랜덤 SOS*가 아니었으면 우린 돌아올 수 없었을 거야. 진주, 네가 우리 모두를 구한 거야."

문보라의 말에 고개를 끄덕이는 고유리를 향해 백진주가 말했다.

"내가 뭐랬어. 서로를 지켜주는 프리패스 쿠폰이라고 했잖아."

그제야 웃음을 터뜨리는 고유리를 향해 문보라가 엷은 미소를 띠며 말했다.

"인사가 늦었네, 언니. 나, 다녀왔어."

작가의 말

「독립의 오단계」는 선택권 없이 몸에 갇힌 삶에 대해 생각하며 썼다. 초인공지능 사회를 상상했을 때, 이들이 구성원이 될지 노예가 될지는 전적으로 인간에게 달려 있을 것이다. 새로운 노예시대가 아닌, 사회로부터 강요된 역할에 저항하고 언제든 스스로를 정의하고 자신의 삶을 선택할 수 있는 자유가 누구에게나 있는 세상이 되기를 바라는 이야기다. 여기에 수록된 「독립의 오단계」는, 처음 썼을 때와 달라진 인식으로 몇몇의 표현과 장면을 삭제·수정했다.

「새벽의 은빛 늑대」는 한밤중에 자매님들과 함께 했던 드라이브의 경험, 그때 다 같이 맞았던 바람을 생각하며 시작한 이야기다. 온라인 여성 커뮤니티를 통해 만났지만 기혼, 미혼, 비혼의 다양한 입장과 세대로서 서로를 존중하며 일상을 함께하는, 자매님들과의 특별한 인연을 모티브로 썼다. 은빛 늑대처럼 할머니가 되어서도 서로의 자리에서 우정과 연대가 이어질 거라 기대하며, 더 다양하고 많은 여성 연대들이 뭉치고 지속되길 바란다.

「루나벤더의 귀가」는 법적인 가족이 아니라면, 오랜 기간 함께 살아도 가족으로 인정받고 보호받지 못하는 현실에서 이들이 소외되는 지점들에 대해 이야기하고 싶었다. 또한 묻히거나 잊히지 않고 드러나는 여성의 목소리를 가상현실 게임 산업과 소비에서 주류가 된 여성 세대로 생각하며 썼다. 가부장적 시각의 법이 아니라 현실의 누구나 가족으로서 법적인 보호를 받고 차별받지 않기를 바란다.

이야기는 내가 만드는 것이 아니라 나를 찾아오는 것이다. 나를 찾아온 이야기가 누군가에게 더 멀리, 잘 닿을 수 있도록 나는 그저 이야기의 안전한 여행길을 빚는 '도구'다. 앞으로 더 좋은 '도구'가 되어 그 역할을 성실히 해나가고 싶다.

감사의 말

사랑하는 가족 그리고 내 전부였던 할머니, 투쟁의 동료이자 대상이기도 한 사랑하는 루캐슬 님, 아낌없는 위로와 응원으로 서로의 용기가 되어주는 소중한 인연: SISPIA 자매님들, 〈SF×F〉, 여성 바이크 동호회에 대한 이야기로 중심을 잡을 수 있게 도움 주신 조유나 편집자님, 바이크 동호회 자문에 힘써주신 문슬기 님, 이재상 님, 작업에 대한 용기의 슬로건 '굿맥'을 만나게 해주신 지민 님께 감사드립니다.

수록작품 발표 지면

1. 「독립의 오단계」 : 제2회 한국과학문학상 가작 수상작,
   『제2회 한국과학문학상 수상작품집』(허블, 2018.)
2. 「새벽의 은빛 늑대」 : 미발표작
3. 「루나벤더의 귀가」 : 《크로스로드》(2019. 07.)